AF175960

Petra Weise

Reigen

wandern-
von einem zum andern

Roman

Bibliografische Information der Deutschen Nationalbibliothek
Die Deutsche Nationalbibliothek verzeichnet diese Publikation in der Deutschen
Nationalbibliografie; detaillierte bibliografische Daten sind im Internet
über http://dnb.dnb.de abrufbar

Titelfoto: pikolorante (Shutterstock)
Herstellung und Verlag: BoD – Books on Demand
Norderstedt

ISBN 978-3-7526-6645-8

–

Ein Jüngling liebt ein Mädchen,
die hat einen andern erwählt;
der andre liebt eine andre,
und hat sich mit dieser vermählt.

Das Mädchen heiratet aus Ärger
den ersten besten Mann,
der ihr in den Weg gelaufen;
der Jüngling ist übel dran.

Es ist eine alte Geschichte,
doch bleibt sie immer neu;
und wem sie just passieret,
dem bricht das Herz entzwei.

Heinrich Heine

Die Kapitelüberschrift benennt den
jeweiligen Erzähler

Inhalt

Melanie

Wir rasen viel zu schnell über die Autobahn. Ich hasse das! Und ich hasse Reisen! Schon immer! Während meine Freundin Sarah schon immer gern in den Urlaub fährt. Am liebsten würde sie mich kreuz und quer durch sämtliche Länder schleppen, doch ich bin lieber daheim bei meinem Freund.

„Sebastian merkt gar nicht, dass du drei Tage fort bist, weil er nur auf seine Bildschirme stiert."

„Sei nicht so gemein!", schimpfe ich. „Er vermisst mich, kann es nur nicht so zeigen."

Davon bin ich fest überzeugt. Er mag es nicht, wenn ich ohne ihn ausgehe, aber er hat nicht das Bedürfnis, etwas zu unternehmen und dafür seinen Computer zu verlassen.

„Sebastian ist nicht der Mittelpunkt der Welt", stellt Sarah fest.

Immerhin ist er der Mittelpunkt *meiner* Welt.

„Auf jeden Fall ist es gut für dich, auch mal in ein freundliches Gesicht zu schauen und nicht in das ewig verkniffene von Sebastian."

Wütend schaue ich hinüber zu ihr. Doch sie erwidert meinen Blick nicht und beobachtet konzentriert den Verkehr.

„Er gehört zu den Leuten, deren einziger Lebenssinn darin besteht, üble Laune zu verbreiten. Deshalb mag ihn keiner und jeder meidet seine Gesellschaft so gut es geht."

Das stimmt so nicht. Niemand meidet Sebastian, er ist nur gern allein und hat viel zu tun am Computer. Dabei lässt er sich nicht gern stören.

Ich mag es nicht, wenn Sarah so über meinen Freund redet. Das habe ich ihr schon oft genug gesagt. Doch hier im Auto kann ich ihr nicht ausweichen und kann nur hoffen, dass sie endlich das Thema wechselt.

Sarah sagt, Sebastian sei völlig emotionslos. Das glaube ich nicht, er zeigt nur seine Gefühle nicht so offen wie Sarah. Ich wäre jedenfalls gern so wie er. Er ruht so wunderbar in sich und braucht diese Nähe nicht, die ich ständig suche und die mir immer fehlt. Er ist zufrieden mit sich selbst, während ich immer befürchte, nicht genug zu geben, damit er glücklich ist oder mich wenigstens wahrnimmt.

*****

Seit acht Jahren sind wir zusammen, Sebastian und ich, doch einen Antrag hat er mir noch nicht gemacht. Dabei ist er bereits 42 Jahre alt, vier Jahre älter als ich, und sollte längst eine Familie gründen wollen. Doch er will nichts übereilen.

„Auf den Antrag kannst du bis zum Sanktnimmerleinstag vergeblich warten!", schimpft Sarah. „Ich will jedenfalls keinen Mann, der sich nicht entscheiden kann. Und ich will auch keinen, der nie über seine Entscheidungen spricht."

Sarah hält Sebastian für mürrisch und sogar bösartig, weil er immer so finster schaut und nicht reagiert, wenn er etwas gefragt wird. Doch so ist er nicht. Er ist eigentlich sehr sensibel und spricht nur nicht gern über seine Gefühle. Sarah behauptet, dass er gar keine Gefühle hat. Das stimmt nicht und ich habe den Beweis dafür:

Vor vier Jahren verbrachte er ein halbes Jahr in den USA. Von dort schickte er mir jeden Tag reizende Nachrichten mit süßen Bildchen von Herzen und Rosen. Echte Blumen hat er mir allerdings noch nie geschenkt. Er ist eben kein Romantiker. Umso mehr überraschten und freuten mich seine Herz-Botschaften. Ganz offensichtlich vermisste er mich. Deshalb rechnete ich fest damit, dass er mir einen Verlobungsring mitbringt. Aber er hatte nur seine schmutzige Wäsche dabei und erzählte von all den interessanten Möglichkeiten, die er in den USA als IT-Systemelektroniker hätte. Warum ist er nicht gleich dort geblieben, wenn in Amerika alles so viel toller ist als hier in Chemnitz? Am liebsten hätte ich ihn das direkt gefragt. Doch ich freute mich, dass er zurück gekommen ist, zurück zu mir. Und immer, wenn er an seinem Computer hockt und mich gar nicht wahrnimmt, schaue ich mir auf meinem Handy all die schönen Nachrichten mit den Rosen und Herzen an. Dann weiß ich wieder, dass er mich liebt.

Mit Computern kenne ich mich nicht aus, weil ich bei der Arbeit im Pflegeheim keinen brauche. Ich habe Listen, die ich per Hand ausfülle. Darin wird zum Beispiel festgehalten, wie viel die alten Leute am Tag getrunken und ob sie Stuhlgang hatten. Die Listen sind der langweilige Teil meiner Arbeit, alles andere mache ich gern. Es sind zwar immer die gleichen Leute und die gleichen Handgriffe, doch das stört mich nicht, weil es doch immer wieder anders ist. Die meisten Alten sind sehr nett, nur ganz wenige garstig. Sie zwicken mich in Arme und Beine oder spucken mich an. Doch auch sie müssen ordentlich versorgt werden. Die meisten haben Familie, aber keinen Besuch. Sie warten und warten vergebens. Andere haben keine Familie und warten nicht. Am Ende sind sie besser dran, weil sie weniger enttäuscht sind.

Einen PC brauche ich nicht, auch nicht daheim. Sebastian dagegen hält es ohne seine Technik keine einzige Stunde aus. Er hat nur Augen für seine vier Bildschirme und zwei Handys, seine Hände tippen und wischen in einem unglaublichen Tempo über die Tastatur. Nur sein Mund bleibt verschlossen.

*****

Sebastian stammt aus einem sogenannten guten

Elternhaus. Er hat keine Geschwister, dafür bereits im Grundschulalter seinen ersten Computer bekommen, an dem er seine gesamte Freizeit verbrachte.

Ich habe vier Geschwister, eine ältere Schwester und drei jüngere Brüder. Wir besaßen keinen Computer, eigentlich überhaupt kein Spielzeug. Doch das störte uns nicht, denn wir rannten bis spät an Abend draußen herum. Meine Schwester hat einen anderen Vater als meine Brüder und ich, den sie zwar nie kennenlernte, auf den sie sich aber viel einbildet. Dabei weiß sie nicht einmal seinen Namen, behauptet aber, er sei ein amerikanischer GI. Offenbar glaubt sie, das sei etwas Gutes.

Mein Vater war Schlosser. Er fand Kinder nie interessant und verließ unsere Mutter kurz vor ihrem 40. Geburtstag für eine viel jüngere Frau. Mutter war ihm zu alt und durch die fünf Geburten nicht mehr so knackig wie seine neue Kindfrau. Offenbar hatte er völlig ausgeblendet, dass er zwölf Jahre älter war als Mutter. Ein Jahr später ist er gestorben und Mutter schimpfte, dass dieser Drecksskerl sie um die Witwenrente betrogen habe. Seine Weibergeschichten waren ihr gleichgültig, aber das Geld hätte sie gut brauchen können.

Wenn Vater nach Hause kam, stellte er den Fernseher an, ließ sich ein Bier bringen und sah stundenlang Sport. Wehe, wenn ihn einer dabei störte! Ansonsten hielt er sich lieber im Wirtshaus auf als daheim. Mich hat das nie gestört. Ich war sogar froh, als er überhaupt nicht mehr kam. Meine Brüder reagierten ganz verschieden auf sein Verschwinden: der Älteste ist wie Vater, der Jüngste kommt irgendwie mit dem Leben nicht zurecht, der Mittlere arbeitet heute als Zahnarzt in einer eigenen Praxis. Er ist auch der Einzige von uns, der verheiratet ist und Kinder hat und mit ihnen in den Urlaub oder in einen Freizeitpark fährt.

Ich kannte so etwas nicht. Erst Sarah schleppte mich ins Kino, ins Hallenbad, zu Konzerten und in fremde Gegenden. Durch Sarah habe ich gemerkt, wie groß meine Heimatstadt Chemnitz ist und wie viel es in ihr zu sehen gibt. Wir haben eine Oper, Ballett, Philharmonie, Schauspiel, mehrere Kinos, Hallenbäder, viele Museen, Ausstellungen, Gasthöfe, Parks und was weiß ich nicht alles.

*****

Sarah sitzt am Steuer. Die Fahrt mit ihr ist ein reiner Genuss, denn sie fährt ruhig und entspannt, zwar schnell und zügig, aber keineswegs so hektisch wie Sebastian. So wenig er daheim den Mund aufmacht, so oft tut er es im Auto. Er fährt forsch und angriffslustig, weicht grundsätzlich nie aus und flucht und schimpft ohne Pause auf die Deppen auf der Straße. Mich packt jedes Mal die reine Angst, dass er in seiner üblen Laune einen Unfall baut.

Doch diese Angst darf ich mir nicht anmerken lassen, weil ihn das noch wütender macht. Deshalb schweige ich lieber.

Mit Sarah ist das anders. Sie lacht und plappert und wirkt trotzdem gelassen. Bei ihr fühle ich mich sicher.

„Hast du einen heißen Fummel zum Ausgehen eingepackt?", fragt sie und zwinkert mir zu.

Heißer Fummel. Ich trage wie immer Jeans und ein einfarbiges blaues Shirt. Das findet Sarah langweilig. Mir gefällt´s. Dafür mag ich es nicht, wenn sie in schreiend grellen Farben daherkommt und auffällt wie ein bunter Hund. Die Leute schauen sich nach ihr um und ich würde am liebsten im Erdboden versinken.

„Was hast du denn vor?", frage ich und ahne nichts Gutes.

„Wirst schon sehen!", kichert sie.

Sie hätte mir vorher sagen sollen, was sie plant. Ob wir wandern gehen oder in die Oper oder in einen Club. In Clubs fühle ich mich im Gegensatz zu Sarah nicht wohl.

Einen *heißen Fummel* besitze ich gar nicht. Ich trage das, was ich immer trage: Jeans und Pulli. Für unseren Ausflug habe ich zwei blaue Shirts und Wechselwäsche eingepackt. Fertig. Die Jacke liegt auf dem Rücksitz.

Ich hasse das Kofferpacken. Schon deshalb verreise ich nicht gern. Wenn schon Urlaub, dann am Meer. Am Meer brauche ich nur Badeanzug, Badeschlappen, Strandkleid. Fertig.

Für die Berge müsste ich feste Wanderschuhe und Schuhe zum Ausgehen, für jeden Tag zwei T-Shirts, mehrere warme Pullis, Anorak, Mützen und was weiß ich nicht alles mitschleppen. Schon diese Aufzählung erschöpft mich.

Heute ist der schlimmste aller Fälle eingetreten: Sarah hat eine Städtereise für uns beide gebucht, nach Dresden. Als ich vor meinem Schrank stand und nach einem passenden Kleid suchte, hatte ich sofort schlechte Laune. Ich mag weder feine Kleider noch Blazer und schon gar keine Absatzschuhe. Sarah hat mich zum Kauf dieser Dinge regelrecht genötigt, doch ich habe sie kein einziges Mal getragen. Wegen ihr schleppe ich jedes Mal zu viel mit und doch fehlt immer etwas Wichtiges. Also habe ich am Ende nur die beiden Wechselpullis eingesteckt. Das muss reichen.

Laut Navi sind wir in knapp zwei Stunden im Hotel. Sarah sagt, dass es in der Neustadt viele Musikkneipen gibt und wir die Abende dort verbringen.

„In Chemnitz gibt es ebenfalls unzählige Kneipen. Dafür müssen wir nicht nach Dresden fahren und teure Übernachtungen bezahlen."

„Du hast immer was zu meckern", tadelt Sarah.

Ich habe nicht gemeckert. Mir leuchtet nur nicht

ein, weshalb wir achtzig Kilometer fahren, um den Abend in einem Lokal zu verbringen.

„Ich würde gern ins Grüne Gewölbe gehen", schlage ich vor.

Sarah verdreht die Augen und knurrt: „Museen gibt es auch in Chemnitz genug."

Das stimmt, aber nicht die einzigartige Sammlung wie im Grünen Gewölbe.

„Nein, wir werden uns amüsieren und schauen, was der Markt so hergibt", bestimmt sie.

„Markt?"

Will sie einkaufen gehen?

„Unseren Marktwert testen, ein paar Kerle aufreißen und es uns gut gehen lassen."

„Ohne mich!", schniefe ich empört.

Ich habe einen Freund und kein Interesse an anderen Männern. Das weiß sie und sollte es endlich respektieren.

Sarah parkt direkt an der Elbe vor einem Schiff.

„Oh! Wir machen eine Dampferfahrt!", rufe ich aus.

Doch sie schüttelt lachend den Kopf, greift nach ihrer Reisetasche und macht mir ein Zeichen, mein Gepäck mitzunehmen. Erstaunt begreife ich, dass dieses Schiff unsere Unterkunft ist, ein Schiffshotel oder Hotelschiff.

„Cool!", rufe ich aus, obwohl ich Schiffe nicht leiden kann, auch keine Flugzeuge.

Mir ist alles, was nicht auf der Erde kriecht, läuft oder fährt, irgendwie nicht geheuer.

Unser Zimmer ist winzig klein und hat statt der Fenster nur Bullaugen. In ihm befinden sich ein Doppelbett, ein Kleiderständer und ein Waschbecken; Toiletten und Duschen sind auf dem Gang und Fernsehgeräte in Gemeinschaftsräumen. Das gefällt mir nicht, doch Sarah klatscht begeistert in ihre Hände.

„Mehr Platz brauchen wir nicht. Wir wollen hier nur schlafen und morgens gut frühstücken. Ansonsten halten wir uns in der Stadt auf."

Das Schiff liegt sehr günstig. Zu Fuß ist man in nur wenigen Minuten bei den berühmten Sehenswürdigkeiten wie Semperoper, Zwinger und Frauenkirche oder am Abend im Neustädter Szeneviertel.

Sarah ist wie mein Gegenpol. Während ich erst still abwarte, prescht sie voran und macht viel Lärm dabei. Mich wundert, dass ich seit der Schulzeit ihre Freundin bin, denn sie wechselt Menschen, Städte, Arbeitsplätze und Wohnungen in rasendem Tempo. Selten hält sie länger als ein oder zwei Jahre an einer Stelle aus, manchmal nur wenige Monate. Dadurch kennt sie Gott und die Welt.

Ich dagegen kenne außer meinem täglichen Arbeitsweg zum Pflegeheim nur die Orte, wohin mich Sarah schleppt. Manchmal ist es mir gar nicht recht, wenn sie mich zwingt, mit ihr auszugehen, doch am Ende hat es mir meist sehr gut gefallen.

Dann will ich Sebastian erzählen, was ich Schönes

erlebt habe, doch er runzelt immer nur die Stirn und schimpft: „Geh doch zu deiner Sarah! Mich brauchst du nicht."

Dann stiert er wieder auf seine Bildschirme und will nicht gestört werden.

„Doch! Ich brauche dich und möchte gern mit dir ausgehen!"

Aber Sebastian geht nie aus. Essen und Trinken kann er daheim viel bequemer und vor allem preiswerter als anderswo.

„Ich mag nicht Leuten zuhören, denen ich nicht zuhören will", lautet sein Lieblingsargument.

Darauf sage ich nichts, denn er erträgt keine Vorwürfe, nicht den Hauch einer Kritik. Doch er hält mir viele Tage, Wochen oder gar Monate vor, dass ich ohne ihn ausgegangen bin.

*****

Jetzt schleppt mich Sarah in eine Gemäldegalerie, weil sie weiß, dass ich Bilder mag. Eines fasziniert mich besonders: Eine junge Frau steht vor einem Spiegel und kämmt ihre Haare. Sie trägt ein blaues Kleid und hat dunkelbraune Locken wie ich. Im gemalten Spiegelbild sehe ich ihr Gesicht. Sie lächelt sich an. Vielleicht denkt sie an ihren Freund, den sie gleich treffen wird.

Ich setze mich auf eine Bank, um das Bild aus der Entfernung etwas länger zu betrachten, Sarah ist bereits weitergegangen.

Ich schaue ihr nach und beobachte, wie sie ihre Hüften schwenkt und ungeniert die Leute mustert, als wäre sie auf der Suche nach Beute. Die Kunstwerke scheinen sie weniger zu interessieren.

Sie bleibt neben einem Mann stehen, der mir schon mehrfach auffiel. Bei jedem seiner Schritte klackt es, als ob er Absatzschuhe trägt. Deshalb habe ich mich nach ihm umgedreht. Er ist blond, größer als die meisten Besucher und trägt eine schwarze Hose aus Leder, ein ebenso schwarzes Hemd und darüber ein auffällig rotes Jackett. Und er blinzelte mir frech zu. Natürlich habe ich sofort weggeschaut.

„Sieh mal, wen ich aufgegabelt habe!", höre ich sie rufen.

Alle Leute im Raum drehen sich zu ihr um und schütteln missbilligend den Kopf.

Neben Sarah steht genau der junge Mann, der mir vorhin zugeblinzelt hat, dieser auffällige Gockel in seinem roten Jackett und der Lederhose. Er packt mich oberhalb der Taille, zieht mich von der Bank in die Höhe und umarmt mich, als wären wir alte Freunde.

„Hallo, Melli!"

Seit der Schulzeit nennt mich kein Mensch mehr Melli, sogar meine Brüder sagen Melanie, wie es sich gehört.

„Sag bloß, du erkennst mich nicht! Ich bin Thomas, der kleine Tommi aus der B-Klasse."

B-Klasse? Tommi?

„Guten Tag!", wünsche ich höflich.

„Tommi kennt einen geilen Musikschuppen in der Neustadt, wo wir heute zu Abend essen werden, ein paar Drinks nehmen und uns mal so richtig ausquatschen."

Hoffentlich kein Jazz, denke ich, sage aber nichts. Widerspruch lässt Sarah sowieso nicht gelten und hat sich ohnehin bereits mit diesem Thomas abgesprochen. Ich mag am liebsten Schlager, glaube aber, dass in einem Gasthof eine andere Art Musik gespielt wird.

Bei mir daheim läuft kein Radio, weil Sebastian Musik stört, eigentlich jedes Geräusch, obwohl er meist seine Kopfhörer aufhat.

*****

Thomas ist schon da, als wir im Gasthof eintreffen. Hier sitzen recht viele Leute viel zu eng beieinander, doch die Bedienung ist flott und bringt mir fast sofort nach der Bestellung einen gebackenen Camembert, für Sarah eine Ofenkartoffel und für Thomas einen riesigen Burger. Dazu gibt es Bier aus dem Fass.

Zuerst steigt ein junger Liedermacher auf die Bühne, der sich mit seiner Gitarre selbst begleitet. Er hat eine hübsche Stimme, doch seine genuschelten Texte verstehe ich leider überhaupt nicht.

Jetzt spielt eine Bläsergruppe, die in dem kleinen Raum so viel Lärm macht, dass mir gleich der Kopf schmerzt. Thomas muss direkt schreien, damit ich höre, was er sagt.

Inzwischen singt ein Mädchen, das Thomas vermutlich kennt, denn er ist zu ihr nach vorn zur Bühne gegangen.

„Sei doch nicht so prüde!", faucht mich Sarah an.

„Wie meinst du das?"

„Du bist so steif, als hättest du einen Besenstiel im Kreuz und schaust wie sieben Tage Regenwetter. Tommi ist doch voll nett!"

Natürlich ist er nett, doch er sollte mich nicht ständig anfassen. Mal legt er den Arm um meine Schulter, mal ergreift er meine Hand oder lehnt seinen Kopf an meinen. Das will ich nicht. Ich kann mich kaum an den Schuljungen Tommi erinnern, den Mann Thomas kenne ich gar nicht.

„Dann lerne ihn kennen!" Sarah zwinkert mir zu. „Er will dich! Merkst du das nicht?"

Er will mich? Was soll das heißen?

„Amüsiere dich mal!"

Für mich bedeutet amüsieren, wenn man sich auf angenehme Art die Zeit vertreibt – zum Beispiel ein interessantes Buch lesen oder spazieren gehen. Sarah denkt dabei an Sex. Eigentlich denkt sie ständig an Sex, erst recht, wenn sie von amüsieren spricht.

„Ich habe einen Freund, schon vergessen?"

„Na und? Der ist nicht hier."

Empört schaue ich sie an. Weil Sebastian nicht hier ist, ist das ein Grund, etwas zu tun, was ihm missfällt?

„Dieser Stoffel!", sagt sie verächtlich.

„Sebastian ist kein Stoffel. Er redet nur nicht gern."

„Und was hast du davon, wenn er nicht redet, sondern sich stattdessen nur mit seinem Computer beschäftigt?"

Mich stört es manchmal auch, dass Sebastian nur Augen für seine Bildschirme hat. Dann fühle ich mich direkt unsichtbar und möchte am liebsten seinen Computer einfach ausschalten, damit er mich wahrnimmt. Doch die Technik ist nun einmal seine Leidenschaft. Ich kann nichts daran ändern. Außerdem mag ich ihn nicht dazu zwingen, sich mit mir zu unterhalten, wenn er das gar nicht will. Ihn interessiert eben nicht das, was mich interessiert. Das stimmt mich zwar manchmal traurig, doch es ist kein wirkliches Drama. Meist lese ich oder schaue im Fernsehen eine Dokumentation über fremde Länder. Mich interessiert, wie andere Menschen leben, welche Traditionen ihnen wichtig sind, ob es dort kälter oder wärmer ist als bei uns. Hinreisen würde ich allerdings nicht, weil ich nicht gern reise und eigentlich überhaupt keine Veränderungen mag.

„Er braucht einfach Zeit", sage ich.

„Zeit wofür?"

„Sich zu öffnen."

„So ein Unsinn! Darauf wartest du seit acht Jahren. Er ist 42 Jahre alt und wird sich niemals „öffnen". Du musst endlich aufhören, auf etwas zu warten, was niemals eintreten wird!"

„Ich warte auf nichts, weil ich zufrieden bin."

„Das glaubst du doch selbst nicht! Hat er jemals zu dir gesagt, dass er dich liebt?"

„Das muss er nicht sagen, das weiß ich auch so. Außerdem ..."

„Jetzt komme mir nicht mit den ach-so-wundervollen SMS mit Herzchen aus Amerika!"

Genau daran denke ich gerade. Sebastian findet eben nicht die Worte, die ich ab und zu gern hören würde. Im Grunde rede ich auch nicht so gern.

„Entweder, er gefällt dir so langweilig wie er nun mal ist oder du schickst ihn in die Wüste und gehst allein ans Meer."

„Ans Meer?"

„Symbolisch, du Nuss!" Sarah boxt sanft gegen meinen Arm. „Jedenfalls ist Tommi erheblich amüsanter als dein Stoffel und auch nicht so maulfaul."

Das stimmt. Thomas redet viel und schmückt alles mit witzigen Begebenheiten aus. Er erzählt, dass er bei Konzerten die Technik auf- und abbaut und deshalb viel unterwegs ist, sogar im Ausland. Er spricht über Musikgruppen, Geld verdienen und lustige Erlebnisse. Und er spricht über mich, wie schön meine Haare sind, die er natürlich gleich anfassen muss, wie schmal und zart er meine Hände findet, die er sofort in seine nimmt. Seine Worte machen mich ganz verlegen, zumal ich Komplimente nicht gewöhnt bin. Und immer nennt er mich Melli, als sei ich noch ein kleines Kind.

Thomas redet nicht planlos auf mich ein, er erzählt, um mich zu unterhalten. Er wechselt sofort das Thema, wenn er merkt, dass es mir nicht zusagt. Wenn ich zurück weiche, lehnt auch er sich zurück. Er bedrängt mich nicht. Und doch umarmt er mich, lacht viel und sorgt dafür, dass mein Glas immer wieder gefüllt ist.
Ich glaube, ich habe inzwischen einen kleinen Schwips.
Seine Hand ruht auf meinem Arm, der sich auf einmal siedend heiß anfühlt. Gleichzeitig spüre ich am ganzen Körper bis hinunter zu den Füßen Gänsehaut. Wie ist das möglich? In meinem Kopf dreht sich alles: Worte, Gedanken, Gefühle. Ich schließe die Augen und lehne mich zur Seite. Sofort umfassen mich zwei starke Arme und ziehen mich an einen Körper, der einen betörend männlichen Duft ausstrahlt. Langsam und unglaublich sanft hebt eine Hand mein Kinn nach oben und im gleichen Moment spüre ich heiße Lippen auf meinen. Mir ist, als schwinden mir die Sinne und zugleich, als

ob ich tief nach unten falle, ganz langsam wie ein überirdisches Schweben.

*****

Am nächsten Morgen wage ich nicht, Sarah in die Augen zu schauen, als ich sie im Frühstücksraum sitzen sehe. Ich habe keine Ahnung, wo sie über Nacht geblieben ist und brauche jetzt all meinen Mut, um mich neben sie zu setzen.

„Hallo", hauche ich und erwarte ein heftiges Donnerwetter.

„Willst du nichts essen?", fragt sie lachend.

Betreten schüttle ich den Kopf. Ich fühle mich mies, weil ich meinen Freund betrogen habe. Zu allem Übel bereue ich nichts, weil die Nacht mit Thomas so unglaublich schön war. Noch niemals zuvor bin ich derart zärtlich berührt worden. Ich war wie von Sinnen und konnte und wollte mich nicht wehren, ganz im Gegenteil. Ich wollte auf einmal den ganzen Thomas, in ihn hineinkriechen, ihn in mir aufnehmen, ihn wild packen, mich auf ihn stürzen und mich gleichzeitig fallen lassen.

„Ich muss es Sebastian erzählen."

„Warum?", will Sarah wissen. „Eine Frau genießt und schweigt."

Das kann ich nicht. Das ist doppelter Betrug.

„Thomas will mich wiedersehen", gestehe ich.

„Was spricht dagegen?"

„Sebastian! Ich habe einen Freund! Diese Nacht war ein Ausrutscher und wird nie wieder passieren."

„War es so schlecht?"

Sarah blinzelt mir zu. Sie begreift nichts. Ich habe mich mit dieser Nacht in eine schlimme Situation gebracht, *weil* sie so wunderschön war. Wäre es nur dumpfer Sex gewesen, wäre es mir nur entsetzlich peinlich. Doch ich spüre Thomas in jeder Faser meines Körpers und würde jetzt am liebsten zu ihm gehen und mich in seinen Armen verkriechen. Das geht natürlich auf gar keinen Fall.

„Ich will ihn nie mehr sehen! Niemals!"

„Warum?"

„Weil ich Sebastian liebe."

Sarah lacht. Was gibt es da zu lachen?

„Was genau liebst du an ihm? Seine Schweigsamkeit? Seine Ablehnung? Oder seinen schlechten Sex?"

Sebastian ist tatsächlich ein grottenschlechter Liebhaber, das ist mir in der letzten Nacht klar geworden. Doch eine Beziehung besteht nicht nur aus Sex. Dazu gehört viel mehr. Wir sind seit acht Jahren zusammen und wollen irgendwann heiraten und Kinder großziehen. *Ich* will heiraten und Kinder haben, bei Sebastian bin ich mir nicht so sicher. Nicht mehr. Er weicht aus bei diesem Thema. Er weicht überhaupt aus, *mir* weicht er aus. Ich habe versucht, ihm näherzukommen, indem ich mit ihm schlafe, mit ihm verschmelze, eins werde. Doch das hat nicht funktioniert, weil Sebastian sich keine Zeit für Zärtlichkeiten nimmt. Er kann sich nicht zurückhalten, beeilt sich sogar, um die „Sache" schnell hinter sich zu bringen, um wieder am Computer zu sitzen oder einfach sofort einzuschlafen. Deshalb fühlte ich mich immer irgendwie betrogen. Und jetzt habe *ich ihn* betrogen und weiß gleichzeitig, was mir bisher gefehlt hat.

„Wenn du alles beim Alten lässt, wird sich nichts ändern", fasst Sarah zusammen.
„Ich will gar nichts ändern!"
„Dann ist es ja gut und wir können zur Elbterrasse schlendern."
Erschrocken schaue ich sie an. Dort sind wir mit Thomas verabredet. Das will ich auf gar keinen Fall!
„Ich will nach Hause. Sofort!"
„Bist du verrückt?", schreit Sarah mich an.
Ich halte mir die Ohren zu und will nicht hören, dass wir noch eine Nacht gebucht haben und eine Karte fürs Panometer am nächsten Tag. Ich will einfach nur noch heim.
„Du kannst gern bleiben, ich nehme den Zug", sage ich und stopfe meine Sachen in die Tasche.
„Dann rufst du jetzt Thomas an und sagst ab. Wir werden uns nicht heimlich davonschleichen."
Ich schüttle den Kopf, denn ich fühle mich außer-

stande, seine Stimme zu hören und mich von ihm zu verabschieden. Zum Glück haben weder Sarah noch ich seine Handynummer.

*****

Während der gesamten Autofahrt sage ich kein einziges Wort. Mir ist mein Verhalten einfach peinlich, weil ich Thomas gar nicht kenne und schon gar nicht liebe. Weshalb bin ich dann mit ihm im Bett gelandet?
„Er hat mich betrunken gemacht."
Genauso war es. Niemals hätte ich an einem einzigen Abend ein großes Bier und drei Cocktails getrunken.
„Rede keinen Unsinn! Thomas hat dich zu nichts gezwungen. Es war deine freie Entscheidung, so viel zu trinken und mit ihm zu schlafen."
Eigentlich bin ich ein vorsichtiger Mensch und lasse mich nur schwer zu irgend etwas überreden. Schon gar nicht zu etwas, das ich nicht will. Ich bin Alkohol nicht gewöhnt. Aber ich bin mir sicher, dass man ohne tiefe Gefühle niemals Sex haben will.
Sarah lacht.
„Bei Frauen mag das so sein, bei Männern ganz sicher nicht", erklärt sie. „Bei Männern ist es eher umgekehrt: Sie benötigen den Sex, um überhaupt tiefe Gefühle empfinden zu können."

Ich lasse Sarah einfach reden. Sie behauptet, Sex sei die eigentliche Energie des Mannes und erfüllt sein gesamtes männliches Wesen. Er wird von der Suche nach Befriedigung getrieben und fühlt sich ständig wie ein Vulkan vor dem Ausbruch, den er nur äußerst schwer steuern kann.

„Jeder Mann ist sexbesessen. Deine Brüder, Lehrer, Pfarrer, Nachbarn und sogar dein Stoffel Sebastian."

„Du spinnst!"

Sexbesessenheit ist eine Krankheit und passt nicht zu Sebastian. Soll ich ihr sagen, dass er manchmal wochenlang überhaupt keine Lust verspürt? Dann wird sie noch weniger verstehen, dass ich an einer Beziehung mit ihm festhalte.

„Dein Langweiler drückt sich halt nicht körperlich aus, sondern hämmert wie besessen auf seinen blöden Computer ein."

Ich sage lieber nichts dazu. Mir ist es einfach nur peinlich, dass ich mich so gehengelassen habe. Natürlich war es schön, doch darum geht es nicht. Ich habe einen großen Fehler gemacht und zu allem Überfluss kann ich diese Umarmung nicht vergessen. Ich kann Thomas nicht vergessen. Ich möchte ihn wiedersehen und fühle schon jetzt ein Kribbeln in meinem ganzen Körper, wenn ich nur an ihn denke.

Wie soll ich Sebastian unter die Augen treten? Er wird mir an der Nasenspitze ansehen, dass etwas nicht stimmt mit mir, dass ich verändert bin, ihn ganz anders anschaue als jemals zuvor. Er wird mich fragen, was mich so verändert hat.

*****

„Du schon?", brummt Sebastian und zieht die Stirn kraus.

Auch wenn es nicht so wirkt, weiß ich doch, dass er sich freut, weil ich einen ganzen Tag früher als geplant zurück bin. Er kann es nur nicht so zeigen.

Ich umarme ihn stürmisch und lüge: „Du hast mir so gefehlt."

Er zuckt mit der Schulter und setzt sich an seinen Computer. Ob ich ihm etwas Leckeres koche? Die Liebe geht schließlich durch den Magen! Genussvolles Essen gehört einfach zur Liebe wie die Luft zum Atmen. Wo habe ich das nur gehört? Ach ja, das sagte Thomas. Thomas! Schon wieder denke ich an ihn. Er sagt, dass gutes Essen Glücksgefühle auslöst. Bei Sebastian ist mir das noch nie aufgefallen. Meist mag er nur eine Schnitte mit Leberwurst, während er am Computer sitzenbleibt.

Doch Versuch macht klug. Ich schaue im Kühlschrank nach, woraus ich etwas zaubern könnte. Es liegen zwei angebissene Wurststücke auf der Glasplatte statt im Wurstbehälter und ein leerer Joghurtbecher. Auf der Butterschale fehlt der Deckel.

Ich schneide eine Paprika und zwei Tomaten in

kleine Würfel, auch die angebissene Wurst und den Rest aus dem Behälter und gebe alles in eine Auflaufform. Dann verquirle ich vier Eier mit Sahne und Reibekäse, kippe es obenauf und schiebe es in den Backofen. Inzwischen kann ich Brot braten. Es ist recht trocken, weil es wohl die ganze Zeit auf dem Tisch lag. Doch mit Olivenöl in der Pfanne getoastet wird es noch schmecken.

Nachdem ich den Tisch gedeckt habe, umarme ich Sebastian.
„Lass das!", sagt er und beugt sich von mir weg.
Ich wusste es! Er hat gemerkt, dass meine Umarmung anders ist als früher. Jetzt sollte ich besonders lieb zu ihm sein.
„Ich habe uns etwas Leckeres zu essen gekocht ..."
„Bring´s her! Kann jetzt nicht weg", nuschelt er, ohne vom Bildschirm aufzusehen.
Und den Tisch hübsch gedeckt, wollte ich noch sagen. Doch Sebastian dreht sich nicht einmal um, weil er Wichtiges zu tun hat, arbeiten muss. Was genau arbeitet er eigentlich so viele Stunden am Computer? Interessiert schaue ich auf den Bildschirm. Darauf sehe ich seltsame Gestalten in Rüstungen und übergroße Insekten durch dunkle Räume kriechen.
„Was machst du?", frage ich fassungslos.
„Allererste Sahne! Geiler Sound, Supergrafik."

Ich verstehe nicht, wovon er spricht, doch ich freue mich, dass er überhaupt antwortet, obwohl es keine Antwort auf meine Frage ist. Deshalb wiederhole ich meine Frage.

„Mist!", schreit er auf und schaut mich wütend an.

Erschrocken weiche ich zurück. Vermutlich habe ich ihn abgelenkt und nun ist etwas schief gelaufen. Ich weiß, dass schon eine falsch gedrückte Taste eine Katastrophe auslösen kann.

„Entschuldige!", bitte ich. „Es war keine Absicht."

„Musst du ständig quatschen?"

„Ich wollte doch nur ...", stottere ich.

„Halts Maul!"

Derart grob hat mich Sebastian noch niemals zuvor angefahren. Das kann nur daran liegen, dass er genau spürt, dass ich ihn betrogen habe. Mir steigen die Tränen heiß in die Augen und ich weiß nicht, was ich sagen soll. Dabei gibt es so viel zu sagen, zu erklären, doch nichts davon kann meine schlimme Tat rechtfertigen und schon gar nicht ungeschehen machen.

„Jetzt bin ich aus der Gruppe rausgeflogen, du dumme Nuss! Das werden mir die anderen nie verzeihen."

Verzeihen. Das ist mein Stichwort. Wird mir Sebastian jemals verzeihen können?

„Tut mir leid", flüstere ich. Dann nehme ich all meinen Mut zusammen und ergänze leise: „Ich muss dir was sagen. Es ist wichtig."

„Kannst du nicht eine Minute deinen Mund halten?"
Er will es nicht hören. Er will nicht mit mir sprechen. Er wird mir nie verzeihen. Das weiß ich. Ich weiß nur nicht, ob ich mich jetzt allein an den Tisch setzen soll. Das Essen ist längst kalt geworden, aber der Appetit ist mir ohnehin vergangen. Also bleibe ich einfach stehen und starre wie durch einen Nebel auf den Bildschirm.

Ich sehe, wie ein winziges Männlein mit einem Säbel auf die Beine einer überdimensionalen Spinne schlägt. Sebastian hämmert auf die Tasten und im gleichen Rhythmus zuckt der Säbel. Ich beobachte das Treiben eine Weile, dann begreife ich: Sebastian spielt! Er arbeitet nicht, er spielt und hat seine Freude daran, wenn eine Fantasiefigur Tiere zerhackt. Er hat ganz offensichtlich Spaß an Zerstörung. Ist das normal? Er ist über vierzig Jahre alt und benimmt sich wie ein launisches kleines Kind. Das Spiel ist ihm wichtig, wichtiger als ich, denn ich darf ich dabei nicht stören.

„Du spielst!", schreie ich aufgebracht. „Ich war zwei Tage und eine ganze Nacht weg! Willst du nicht wissen, was ich in dieser Zeit gemacht habe?"

Sebastian reagiert nicht, sondern hämmert weiter auf seiner Tastatur herum.

„Wenn ich nun fremdgegangen bin?"

Kurz hört das Hämmern auf.

„Sei nicht albern!"

„*Du* bist albern! Spielst ein albernes Spiel für Kinder und willst es nicht einmal für eine Mahlzeit am Tisch unterbrechen."

Mir ist zum Heulen zumute. Ich stehe wie ein Idiot im Raum und weiß nicht, was ich machen soll. Am liebsten würde ich ihm den Teller mitten auf die Tastatur stellen oder gleich darüber kippen. Doch das wäre kindisch und würde auch nichts ändern.

Sarah hat Recht: Sebastian ist ein Stoffel. Er ist krank im Kopf und empfindet keine Gefühle für echte Menschen, auch nicht für mich. Ich erinnere mich an all meine Versuche, ihn zu erreichen. Mir fallen all die Unterschiede zwischen uns gleichzeitig ein. Er erträgt es nicht, wenn ich ihn etwas frage – und ich nicht, wenn er nicht antwortet. Er hasst es, wenn ich über alles reden will – und ich hasse es, wenn ich schweigen soll. Ich lebe still neben ihm, während er spielt! Ich glaube, ich ertrage ihn nicht mehr.

Warum bleibe ich bei ihm? Weil ich ihn trotz allem liebe? Oder nur, weil wir seit acht Jahren zusammen sind und es immer so bleiben soll? Nein, ich will nicht, dass es immer so bleiben soll.

Ich stehe am Fenster und beobachte eine schwarze Wolke, die langsam näher kommt. Wird sie Hagel bringen, der die Blumen zerschlägt? Oder bringt sie sanften Regen, der nur ein wenig die Wiese nass macht? Oder zieht die Wolke nur vorüber? Ich weiß es nicht und kann sie ohnehin nicht daran hindern zu hageln, zu regnen oder vorbeizuziehen. Warum also mache ich mir Gedanken über diese Wolke?

Sebastian ist genau wie diese Wolke: dunkel, unsicher, undurchschaubar. Ich weiß nie, ob er gleich wütend wird oder nur vor sich hin grummelt oder mich wie so oft nicht beachtet. Ich kann ihn nicht ändern und muss ihn so nehmen, wie er nun einmal ist.

Thomas ist ganz anders. Er ist keine Wolke, die vorüberzieht. Er ist eher wie ein schöner starker Baum, unter dem ich Schutz finde.

Mir gefällt dieser Vergleich. Sarah würde sich natürlich ausschütten vor lachen und mich als Spinner verspotten. Oder sie würde fragen, warum ich diesen gut gewachsenen Baum nicht aufsuche.

Thomas

Melli mochte ich schon als kleiner Schuljunge gern, ihre braunen Locken, die blauen Augen und ihr scheues Lächeln. Alle Jungs aus unserer Klasse waren hinter ihr her, doch sie schien es nicht zu merken.

Auch jetzt hält sie mich auf Abstand, obwohl ich nicht glaube, dass sie so kühl ist wie sie tut. Sie ist nur eine harte Nuss. Das schreckt mich nicht, ganz im Gegenteil, das stachelt mich an. Ich weiß, was

Frauen mögen und bei welchen Worten sie dahin-
schmelzen. Melli bleibt noch zwei Nächte hier in
Dresden. Diese Zeit werde ich zu nutzen wissen.
Schon wieder schiebt sie meinen Arm zurück, der
sich wie von selbst auf ihren Schenkel verirrt hat.
„Ich habe einen Freund", zischt sie und lächelt
gleichzeitig. „Wir sind seit acht Jahren zusammen
und wollen im nächsten Jahr heiraten."
Von mir aus kann sie heiraten, wen sie will. Ihr Typ
ist wer weiß wo und stört hier nicht. Melli wird Abwechslung brauchen, wenn sie so lange mit ein
und demselben Mann zusammen ist. Ich bin begierig auf das, was sie vor mir verbirgt. Ihre sinnlich
langsamen Bewegungen machen mich schier verrückt und ich weiß nicht, wie lange ich mich noch
zurückhalten kann. Ich liebe das Abenteuer, das
Unerwartete, das Unangepasste.
Mellis warmherziger Blick aus ihren wunderschönen graublauen Augen ist wie ein Blitz in mich gefahren. Sie scheint mich nicht nur anzusehen, sondern direkt in mein Innerstes zu schauen. Sie sieht,
dass ich sie will. Ich muss ihr nur etwas Zeit geben, damit auch sie mich will.
Wenigstens taut sie endlich ein wenig auf, nachdem sie den zweiten Cocktail intus hat. Sie lächelt
so hinreißend, dass ich sie am liebsten sofort küssen möchte. Leider wehrt sie mich noch immer ab.
Noch. Noch ist nicht aller Tage Abend. Noch sitze
ich neben ihr und noch möchte sie nicht zurück ins

Hotel. Ich lasse sie auf keinen Fall entwischen.

Sarah hat mich und meinen Plan sofort verstanden und mir den Schlüssel zu ihrer Kabine zugesteckt. Sie wird uns nicht stören und sich für die Nacht eine andere Bleibe suchen.

*****

Eine halbe Stunde habe ich vor diesem Hotelschiff herumgestanden und auf Melli gewartet. Vergebens, denn sie war längst abgereist. Dabei hatte ich den Eindruck, dass ihr die Nacht mit mir gefiel. Sie ging ab wie eine Rakete, war leidenschaftlich und hingebungsvoll. Deshalb freute ich mich schon auf heute Nacht.

Doch zuerst wollten wir den Tag zusammen in der Stadt verbringen, eine kleine Schiffstour auf der Elbe machen und dann mit der Bahn hinauf zum Luisenhof schweben. Ich wollte mich nur kurz umziehen. Melli umarmte mich und wirkte glücklich, als sie sagte, dass sie sich darauf freut. Dabei hat sie nur die Gelegenheit genutzt, um sich aus dem Staub zu machen. Man soll eben keiner Frau glauben. Die einen lügen wie Melli und laufen davon, die anderen steigen mir nach und ich werde sie nicht wieder los. Mich ärgert beides gleichermaßen, aber nicht lange. Denn es gibt genug Frauen, hübsche und hässliche, große und kleine, dicke und dünne. Mir sind sie alle gleich wert. Nur Emanzen mag ich nicht, weil ihnen die Gleichberechtigung wichtiger ist als ihre eigene Weiblichkeit. Wozu soll das gut sein? Ein Mann ist ein Mann und eine Frau ist eine Frau. Männer und Frauen haben die gleichen Rechte, doch nicht die gleichen Pflichten.

Der Mann hilft der Frau aus dem Mantel, beschützt sie, nimmt ihr die körperlich schweren Dinge ab. So ergeben sich ganz automatisch unterschiedliche Aufgaben und Arbeitsbereiche.

Ich mag die sanften Frauen, solche wie Melli, die lieber zuhören als pausenlos plappern, die mit ihrer stillen Art einen Mann auf Dauer glücklich machen können. Ich möchte Melli unbedingt wiedersehen.

Nachlaufen will ich ihr nicht, doch sie schuldet mir noch einen Tag und eine ganze Nacht. Blöd ist nur, dass ich ihre Nummer nicht habe.

*****

Drei Tage später steht Melli vor meiner Tür. Woher weiß sie, wo ich wohne? Auf jeden Fall freue ich mich, packe sie an den Händen und ziehe sie in den Vorsaal. Eigentlich sollte ich sie davonjagen, weil sie mich neulich versetzt hat. Doch ich bin nicht nachtragend.

Deshalb sage ich: „Schön, dass du da bist."

Außerdem regt sich beim Gedanken an unsere gemeinsame Nacht sofort meine Lust auf diese unglaublich sinnliche Frau. Ich umarme sie und würde sie am liebsten sofort auf mein Bett werfen.

„Es tut mir leid, dass ich neulich ohne Abschied abgereist bin", haucht sie und sieht mich mit ihren blauen Augen scheu an.

Ich werde nicht zugeben, wie sauer ich war, sondern sage das, was Frauen hören wollen: „Ich war untröstlich, als du so plötzlich verschwunden bist und habe mich die ganze Zeit nach dir gesehnt."

Sie lächelt und schaut zur Seite.

„Ich habe mich so geschämt."

„Aber warum?"

„Mein Freund, ich habe doch einen Freund."

Was geht mich ihr Freund an?

„Außerdem …"

Ihre Wangen glühen auf einmal und färben sich dunkelrot.

„Außerdem?"

„Ich weiß nicht, wie ich es sagen soll. Es lag sicher nur am Alkohol. Den bin ich nicht gewöhnt."

„Was lag am Alkohol? Bereust du etwa die Nacht?"

Hoffentlich kommt sie mir jetzt nicht moralisch und labert von verletzten Gefühlen.

Langsam schüttelt sie den Kopf und seufzt. Ich habe keine Ahnung, was sie mir sagen will. Auf eine Diskussion über Sitte und Moral habe ich keine Lust. Langsam keimt Ärger in mir auf. Sie soll endlich sagen, was sie von mir will.

„Was möchtest du?", frage ich so ruhig, wie es

mein zunehmender Zorn zulässt.

Sie stellt sich auf die Zehenspitzen, legt mir ihre Hand in den Nacken und zieht meinen Kopf herunter. Dann flüstert sie in mein Ohr: „Dich! Dich will ich."

Überrascht schaue ich sie an und weiß nicht, ob ich mich verhört habe.

„Möglichst sofort", sagt sie und lächelt dabei.

Ihr Lächeln verspricht *alles*, ebenso ihre Augen, die mich ruhig und fast prüfend anschauen.

Sofort umfasse ich ihr Gesicht und küsse sie auf den Mund. Melli schmiegt sich an mich. Sie reagiert auf jede meiner Bewegungen, als wüsste sie, was ich will. Sie fordert nicht, sie tut genau das, was ich möchte, ohne, dass ich es sagen muss.

Zwei Stunden später klingelt mein Handy und erinnert mich daran, dass ich zur Arbeit muss.

„Ich muss gleich los", sage ich. „In den Jazzclub. Willst du mitkommen?"

„Nein, ich muss wieder heim und morgen zum Frühdienst."

Melli erwähnt, dass sie in einem Pflegeheim arbeitet und das auch noch gern. Für mich wäre das nichts.

„Aber du weißt schon, dass du mir noch eine Nacht schuldest?", sage ich scherzhaft, doch sie bleibt ernst und nickt.

Erst, als sie weg ist und ich längst im Jazzclub bin,

fällt mir ein, dass wir wieder nicht unsere Nummern tauschten.

*****

Fünf Tage später klingelt Melli mitten in der Nacht an meiner Tür. Ich habe zwar hin und wieder an sie gedacht, doch nicht damit gerechnet, dass sie noch einmal einfach bei mir auftaucht. Zum Glück habe ich gerade kein Mädchen hier und bin auch nicht auf Tour.

Sie stellt eine kleine Reisetasche ab und sagt: „Ich hatte Spätdienst und muss erst nächsten Mittwoch wieder zur Arbeit."

Heißt das, sie bleibt bis Mittwoch hier? Das sind vier volle Tage und fünf Nächte! Natürlich freut mich das, doch es überrascht mich auch. Melli dagegen wirkt weder überrascht noch unsicher, als hätte ich sie genau jetzt erwartet. Wie selbstver- ständlich holt sie Weingläser aus dem Schrank und bittet mich, eine Flasche Rotwein zu öffnen.

Es waren vier wunderschöne Tage und ebenso viele traumhaft schöne Nächte, eigentlich die beste Zeit mit einer Frau in meinem ganzen Leben. Am Wochenende begleitete sie mich zur Arbeit in die Clubs, am Montag und Dienstag hatte ich keine Termine. Wir gingen spazieren, haben viel gelacht und uns gefühlt, als wären wir schon immer zusammen.

Mir fällt es direkt schwer, mich von Melli zu verabschieden. Wohl deshalb reitet mich der Teufel und ich frage: „Könntest du dir vorstellen, bei mir zu wohnen?"

Sie nickt ernst, dann lächelt sie und antwortet: „Ja, das kann ich mir sehr gut vorstellen."

*****

Seit vier Monaten wohnt Melli bei mir. Sie fand sofort eine Arbeit in einem Pflegeheim, das nur zwei Straßenbahnhaltestellen entfernt ist. Meist geht sie jedoch zu Fuß. Sie hat es so eingerichtet, dass sie nur zum Spätdienst eingeteilt wird. Somit vermissen wir uns am Abend nicht, wenn ich arbeite, und können bis zum Mittag im Bett bleiben. Mein Leben ist ruhig und sehr angenehm geworden. Ich genieße es sehr. Sobald ich Melli anschaue, geht es mir gut. Ihr Lächeln wischt sämtliche Probleme fort, ihre stete Hingabe rührt mich zutiefst.

Ich halte mich nie länger als nötig in den Clubs auf, baue rasch meine Technik ab, trinke nichts mehr, sondern fahre so schnell wie möglich nach Hause zu Melli.

„Ich trinke einen Mai Tai."

Ich drehe mich zur Seite, aus der die Stimme

kommt, und sehe eine Knallerfrau, einen echten Kracher! Sie wirft ihre langen roten Haare zurück und schaut mich aus grün-braunen Augen keck an. Vor ihr steht kein Getränk.

„Bestellst du nun? Oder muss ich das selbst tun?"

Ich kapiere, dass ich ihr einen Cocktail bestellen und vermutlich auch bezahlen soll. So etwas mache ich normalerweise nicht, doch diese Sirene hat endlos lange Beine, die sie ebenso wenig versteckt wie ihren üppigen Busen. Da schaut man gern hin.

„Alles gecheckt?", fragt sie und zieht dabei einen aufreizenden Schmollmund.

Sofort stelle ich mir vor, ihn zu küssen und dabei ihre Brüste zu packen.

„Was ist jetzt?", hakt sie nach.

Auch der Barkeeper steht schon vor uns und trommelt ungeduldig mit den Fingern.

„Einen Mai Tai", bestelle ich.

„Und du? Trinkst du nichts?"

„Nicht, wenn ich arbeite und anschließend meine Technik ...", ich zeige auf die Lautsprecher und Lampen, „abbauen und nach Hause fahren muss."

„Brav!"

Wieder zieht sie einen Schmollmund. Sie heißt Nina und ist umwerfend schön und mit Sicherheit ebenso feurig. Das fällt auch anderen Männern auf, die ihr ungeniert in den Ausschnitt starren. Sollen sie starren, doch anfassen werde ich, denn sie sitzt neben *mir*. Mich hat sie angesprochen, also wird sie nicht abgeneigt sein und mich mit zu ihr nehmen.

Ich bestelle ihr einen zweiten Drink.

„Und jetzt gehen wir zu dir", sagt sie und fährt mit ihrem Zeigefinger langsam von ihrem Knie den bloßen Schenkel hinauf.

Ich packe ihre Hand und schiebe sie noch ein wenig höher bis an den Rocksaum. Mir ist ganz zittrig vor Verlangen. Doch im gleichen Moment fällt mir ein, dass in meinem Bett Melli liegt. So ein Mist!

„Geht nicht", bedaure ich.

Nina lacht, wirft dabei ihren Kopf zurück und auch ihre roten Haare.

„Heim zu Mutti?"

„Welche Mutti?"

Sie verdreht ihre Augen und beugt sich so nahe zu mir, dass ich ihren heißen Atem im Gesicht spüre.

„Ehefrau? Freundin?"

Ich spüre, dass diese Frau ein Vulkan ist. So etwas erlebt man nicht alle Tage.

„Lieber zu dir", hauche ich in ihr Ohr und merke, dass meine Stimme ganz belegt ist.

„Geht auch nicht."

Mit Schwung wirft sie ihre langen roten Haare zurück und dreht mir den Rücken zu. So ein Mist! Sie greift wahllos den nächstbesten Mann und säuselt: „Hallo!" Ich könnte sie erwürgen und packe derb ihren Arm. Sie beklagt sich nicht, sondern lacht und wirft dabei ihren Kopf weit nach hinten. Sofort spüre ich Hitze im ganzen Körper und weiß, dass jetzt alles zu spät ist. Beherrschen kann ich mich jetzt nicht mehr.

Doch Nina ist bereits aufgestanden und steuert den Ausgang an. Bei jedem Schritt schwenkt sie lasziv ihre Hüften, so dass ihre runden Pobacken in dem engen Rock mal nach oben und mal nach unten kippen. Mit einem Satz stehe ich neben ihr. Sie lehnt sich gegen die Wand, die Hände hinter den Rücken geklemmt und und schaut mich fordernd an.

Ich weiß genau, was sie will, drücke mich gegen sie und hauche in ihr Ohr: „In meinem Auto ist genug Platz für uns zwei."

Doch schon auf dem Weg zum Parkplatz halte ich es nicht mehr aus und packe zu.

*****

Zuerst trafen wir uns zufällig, doch Nina tauchte immer öfter in den Musikkneipen auf, in denen ich arbeitete. Einmal begleitete sie mich auf eine Tour. Es ist ein erhebendes Gefühl, wenn ich die neidischen Blicke der anderen Männer sehe. Nina ist eine wahre Göttin, ihre unendlich langen Beine verdeckt sie kaum, auch nicht ihre wunderschönen Brüste, was mich rasend macht. Rasend vor Verlangen, wenn wir allein sind und rasend vor Zorn,

46

wenn sie sich so in der Öffentlichkeit präsentiert.

„Ich zeige, was ich habe, weil ich es kann. Wenn dir das nicht passt, musst du dir eine hässliche Freundin mit flachen Brüsten suchen."

Und schon wackelt sie mit ihren Reizen und lässt sich kichernd begaffen und sogar von Wildfremden umarmen.

Dann möchte ich sie anschreien: „Du bist gar nicht meine Freundin!"

Was ist sie dann? Sie ist jemand, die mich völlig durcheinander bringt. Noch nie hat mich eine Frau so aus der Bahn geworfen wie sie. Ich weiß, dass sie nicht gut ist für mich, doch ich kann nicht von ihr lassen.

Nina

Männer sind langweilig. Sie interessieren sich für Autos, Fußball und Baustellen und trinken lieber Bier als einen Cocktail. Sie sind einfach nicht meine Kragenweite. Aber sie sind nützlich. Man muss sie nur kurz anschauen und sie machen, was ich will. Ob ich jemanden brauche, der mich von hier nach da fährt, oder mir einen Drink spendiert, mich nach Hause bringt oder was auch immer. Ich mag die derben Typen, die jeden Spaß verstehen und nicht lange fackeln, wenn ich Lust auf Sex habe. Danach sind sie zufrieden wie ein Baby und lassen mich in Ruhe. Das schätze ich sehr an ihnen. Am angenehmsten sind die verheirateten Typen. Sie gehen brav zurück zu Mutti, nerven mich nicht mit Fragen und erwarten nicht, dass ich für sie koche.

Ich kann gar nicht kochen. Dafür habe ich Oliver. Er wohnt seit fast zwei Jahren bei mir, kocht, putzt, kauft ein und macht die Wäsche. Er macht das gern. Ich mag ihn. Doch er erwartet, dass ich am Abend neben ihm sitze, Händchen halte und alles mit ihm gemeinsam mache. Das halte ich nicht aus. Ich will mein eigenes Leben leben. Und dieses Leben spielt sich nicht auf dem Sofa ab, sondern in der Stadt, in Bars, in Diskotheken und auf Partys. Dort, wo man Leute kennenlernt und mit ihnen Spaß hat. Oliver ist die volle Spaßbremse. Anfangs gingen wir zusammen aus, doch er ertrug es nicht, wenn ich mit einem Anderen tanzte statt mit ihm. Und er gönnte mir keinen dritten oder gar vierten, fünften Drink. Was ist schon dabei, wenn man fröhlich ist? Ich habe ihm gesagt, dass ich sein langweiliges Leben sowieso nur im Suff ertrage. Er geht jeden Tag zur selben Zeit zur Arbeit und kommt immer zur gleichen Stunde wieder zurück, nimmt sich sogar seine Brotzeit mit, statt gemütlich in einem Lokal zu essen.

„Hast du dir schon wieder neue Schuhe gekauft?", meckert er.

„Was geht dich das an?"

„Du hast schon sechzig Paar!"

„Hast wohl gezählt?"

So ein Pfennigfuchser! Soll ich etwa herumlaufen wie eine Vogelscheuche? Ich bin jung und will das genießen. Er geht mir auf die Nerven. Ich muss hier raus!

„Du willst schon wieder ausgehen?"

„Was dagegen? Komm mit oder lass es bleiben!"

„Jeden Abend bin ich allein. Jeden Abend putze ich und kümmere mich um deine Wäsche."

Jetzt geht diese Leier wieder los!

„Habe ich dich darum gebeten?", fauche ich.

Ich habe keine Lust auf einen Streit. Ich will mich amüsieren. Von mir aus kann er sich eine andere Bleibe suchen. Ich brauche ihn nicht. Und überhaupt: Was soll man von einem Mann halten, der im Sitzen pinkelt?

„Das einzig Verlässliche an dir ist deine Unzuverlässigkeit!", ruft er mir nach.

Na und? Immer noch besser als so ein Langweiler zu sein wie er, nach dem man die Uhr stellen kann.

An der Bar steht ein heißer Typ, der die zwei Kerle auf der Bühne nicht aus den Augen lässt. Aber die Mädels, die sich auffällig in seiner Nähe herumdrücken und ihn anhimmeln, scheint er nicht zu bemerken. Mag er keine Frauen? Nun, das finde ich gleich heraus und postiere mich direkt neben ihn.

„Ich trinke einen Mai Tai", sage ich kühl.

So entgeistert, wie der mich mustert, werde ich leichtes Spiel haben.

„Bestellst du nun? Oder muss ich das selbst tun?"

Noch immer schaut er mich an, als wäre ich der Weihnachtsmann, und tut so, als hätte er noch nie schöne lange Beine und Brüste gesehen.

„Alles gecheckt?", frage ich und weiß, dass ich ihn an der Angel habe.

Endlich bestellt er meinen Cocktail, trinkt aber selbst nichts, jedenfalls keinen Alkohol. Er sagt, er ist der Techniker der Truppe und ich vermute, dass er ein Hotelzimmer in der Nähe hat. Dorthin werde ich ihn begleiten.

Er heißt Thomas und ist ausgesprochen charmant, leider ein wenig schüchtern. Lustig finde ich, wie er die Stirn kraus zieht, wenn sich die Männer nach mir umdrehen. Ihm gefällt es nicht, dass ich auch anderen gefalle. Umso besser! Dann wird er nicht lange fackeln, sondern recht bald zugreifen. Ich werde mal nachhelfen.

„Und jetzt gehen wir zu dir."

Endlich hat er begriffen, doch er hat eine Freundin, die uns den Abend vermasseln könnte. Jetzt muss ich handeln, sonst geht er wirklich heim zu Mutti und ich muss mich mit Oliver begnügen. Bloß nicht!

Langsam gehe ich zum Ausgang und weiß, dass er mir nachschaut. Und schon steht er neben mir, schneller als erwartet. Er packt meine Taille, drückt mich an sich und lässt mich nicht mehr los. Solche Kerle mag ich.

*****

Als ich zu später Stunde nach Hause komme, liegt Oliver schon im Bett. Wie immer. Doch er schläft nicht, sieht mich nur an und sagt gar nichts, verkneift sich sogar die üblichen Fragen, wo ich war und mit wem. Vielleicht hat er endlich kapiert, dass ich darauf sowieso nie antworte, denn das geht ihn nichts an.

Am Morgen ist mir übel und ich muss mich im Bad übergeben, obwohl ich kaum mehr als zwei oder drei Mai Tai getrunken habe. So genau weiß ich das nicht mehr. Als ich zurück ins Bett krieche, bemerke ich einen seltsamen Geruch. Habe ich etwa ins Bett gekotzt, ohne es zu merken? Ich schlage die Decke zurück, aber alles ist in Ordnung.

Oli schaut mich noch immer wortlos an statt aufzustehen und Kaffee zu kochen. Er weiß, dass ich morgens meinen Kaffee brauche, bevor ich überhaupt ansprechbar bin. Und sein blödes Anglotzen bringt ihm auch keine Punkte. Dabei bin ich nackt! Ich rekle mich ein wenig, um ihn anzumachen oder wenigstens zum Lachen zu bringen. Aber er bleibt stur und zwinkert nicht einmal. Wütend boxe ich gegen seinen Arm.

„Steh endlich auf! Mir ist übel! Ich brauche meinen Kaffee."

Oli rührt sich nicht.

„Guck nicht so blöd!"

Er guckt wirklich blöd, als wäre er betrunken. Dabei trinkt er maximal ein Bierchen am Abend, mehr nicht. Er nennt das konsequent, ich sage Spaß-bremse dazu. Seine offenen Augen sehen trüb aus. Hat er etwa geheult? Weil ich ohne ihn ausge-gangen bin? Gerührt muss ich blinzeln. Doch ich kann es nicht leiden, wenn sein Mund offen steht und an der unteren Lippe eingetrocknete Spucke pappt. Angeekelt klopfe ich von unten gegen sein Kinn.

„Mach den Mund zu!", fauche ich ihn an.

Auch jetzt reagiert er nicht.

„Was soll dein blödes Theater? Sag, was du zu sagen hast, aber spiele hier nicht den Beleidigten!"

Seine Sturheit macht mich wütend. Am Ende muss ich mir meinen Kaffee selbst kochen. Das wird er mir büßen!

Ich puste ihm ins Gesicht, um ihn zu ärgern. Er mag es nicht, wenn ich eine Fahne habe. Und ich wedle heftig mit meiner Hand vor seinen offenen Augen, doch er zuckt nicht einmal mit der Wimper.

Plötzlich befällt mich Panik, die ich mir selbst nicht erklären kann. Alles kommt mir auf einmal seltsam vor. Ich mag derartig dumme Scherze nicht und gehe erbost ins Bad.

„Mach endlich!", rufe ich durch die Tür. „Ich bin gleich fertig."

Doch Oli steht nicht auf. Er kommt nicht ins Bad, um mich zu küssen und rumort auch nicht in der Küche.

Ich stürze zurück ans Bett und rüttle derb an seiner Schulter.

„Oli!", schreie ich. „Was hast du?"

Er rührt sich nicht und verzieht keine Miene. Sein Gesicht sieht seltsam aus, irgendwie wächsern, auch seine Hände. Ich nehme seine Hand in meine und erschrecke, weil sie kalt und steif ist. Sein ganzer Körper ist steif wie ein Stück Holz. Wie tot. Wie tot? Das ist völlig absurd. Oliver kann gar nicht tot sein! Gestern hat er noch gemeckert.

Ich bekomme Angst. Panik. Was soll ich nur machen?

Hektisch schaue ich mich im Zimmer um und dann wieder auf den toten Oliver. Ich will keine Leiche in meinem Bett! Hektisch springe ich auf und öffne beide Fenster. Dabei stinkt es gar nicht. Stinken Tote nicht ganz entsetzlich? Vielleicht lebt er doch noch? Aber ich mag ihn nicht noch einmal anfassen, auf gar keinen Fall.

Ich greife meine Jeans, einen Pulli und mein Handy, laufe in die Küche und rufe Olis Bruder Nick an.

„Du musst sofort kommen, weil … Ich glaube, der

Oli ist tot. Hörst du?"

Sofort lege ich auf. Ich will jetzt keine Fragen beantworten. Ich kann das gar nicht. Mir ist schon wieder speiübel und ich haste ins Bad. Oh Gott, ist mir schlecht!

Ins Schlafzimmer gehe ich nicht zurück. Ich brauche frische Luft. Dringend! Ich muss hier raus! Und zwar sofort. Ich werfe mir eine Jacke über und eile aus der Wohnung. Die Treppenstufen verschwimmen vor meinen Augen und ich muss aufpassen, nicht zu stürzen. Wo bleibt Nick? Endlich sehe ich sein Motorrad, das er neben mir auf dem Fußweg abstellt.

Ich drücke ihm meinen Wohnungsschlüssel in die Hand und klammere mich an seinen Arm.

„Du zitterst ja!"

„Ich kann da nicht rauf! Nie wieder! Hörst du? Du räumst die Leiche weg und nimmst mich dann mit zu dir!"

Nun endlich kann ich weinen. Mich schüttelt es so stark, dass ich mich auf die Pflastersteine setzen muss.

„Das geht nicht. Du musst mit mir nach oben kommen!"

„Ich will aber nicht!", schreie ich und versuche, aufzustehen.

Es gelingt mir nicht. Nick packt meinen Arm und hilft mir auf. Sofort drücke ich mein Gesicht gegen seine Jacke und presse meine Augen fest zu. Ich will nichts mehr sehen.

Ich weiß nicht, wie viele Leute Nick angerufen hat und auch nicht, warum. Der Tote liegt noch immer im Schlafzimmer. Warum räumt ihn keiner weg? Der Arzt muss kommen, die Kripo und der Bestatter. Was habe ich damit zu tun? Ich will das alles nicht!

„Du legst dich jetzt aufs Sofa und sagst kein Wort!", befiehlt Nick. „Der Arzt wird dir eine Spritze geben, die dich beruhigt und schläfrig macht. Wenn du wach wirst, ist alles vorbei."

Ich nicke, doch das bedeutet, dass ich hier in dieser Wohnung bleiben muss, wo sich der Tote befindet. Immerhin bewirkt die Spritze, dass ich zwar Stimmen und viele Schritte höre, aber nichts wirklich wahrnehme.

*****

Zwei Tage später habe ich einen Termin bei der Polizei.

„Ihr Name?"

„Steht alles hier", sage ich und gebe dem Polizisten meinen Ausweis, dessen Daten sie längst abgeschrieben und in den Computer getippt haben. Ich kann nicht reden. Ich will nicht reden. Ich will nur meine Ruhe. Da ich auf Kommando weinen kann, ohne rote Augen und eine rote Nase zu bekommen, heule ich einfach los.

Sofort steht ein Polizist neben mir und reicht mir ein Taschentuch. Ein zweiter kniet neben meinem Stuhl und tätschelt meinen Arm.

„Sie müssen jetzt stark sein!", fordert der Mann, der am Schreibtisch sitzt und alles notiert. „Wir haben einige Fragen an Sie."

Ich sage ihnen, dass ich mit Oliver nur in einer WG lebte, dass er nicht krank war und keinerlei Medikamente nahm. Er trank nicht, nur hin und wieder ein Bier, und nahm auch keine Drogen. Trotzdem wollen sie ihn obduzieren.

Mir ist das gleichgültig. Sie sollen sich an seine Familie wenden und mich endlich gehen lassen.

*****

Ich sitze neben Nick auf seinem Sofa.

Er nimmt meine Hände in seine und sagt sanft: „Oli hat eine Tablette genommen."

Na und? Ich nehme auch Tabletten und zwar fast jeden Morgen eine oder zwei Aspirin.

„Die bestellte er im Internet irgendwo in China."

China? Warum in China? Wir haben eine Apotheke direkt vor der Tür.

„Mit dieser Tablette hat er sich getötet. Absichtlich, verstehst du?"

Oli hat sich selbst getötet? Aber warum?

„Hattet ihr Streit?"

Was soll die Frage? Will mir Nick die Schuld an Olis Tod einreden? Der spinnt!

„Klar hatten wir Streit. Wie jeder! Gleich kriegst du gewaltigen Streit mit mir, wenn du nicht sofort verschwindest!"

Nick lacht.

„Es ist meine Wohnung."

Das stimmt. Seit Olis Tod wohne ich bei ihm und schlafe auf dem Sofa, weil ich meine Wohnung nicht mehr betreten kann. Schön ist es hier nicht. Mich nervt seine Frau, weil sie verlangt, dass ich morgens das Sofa räume und nur komplett bekleidet herumlaufe. Das sehe ich gar nicht ein. Ich schlafe schon immer nackt und ziehe mir auf dem Weg ins Bad ganz sicher nicht erst etwas über. Vor allem die zwei Kinder gehen mir auf den Geist, die morgens schon vor acht Uhr herumkrakelen.

„Du solltest wieder zurück in deine Wohnung gehen! Es wird Zeit."

Ich glaube, Nick hat recht. Aber mein Ärger wird nicht weniger, nur, weil er recht hat. Trotzdem bleibt mir nichts anderes übrig, als sofort meine Tasche zu packen und zu gehen.

„Ich bringe dich nach Hause und dann suchen wir in seinen Sachen nach einem Brief, vielleicht hat er einen Abschiedsbrief geschrieben."

Ich nicke und wundere mich, dass er das nicht schon längst gemacht hat.

„Nimm bitte sämtliche Dinge, die Oli gehörten, mit.

Hier will ich sie nicht mehr haben."

Oli hat nicht viel Platz gebraucht in unserer Wohnung. Trotzdem kommt mir alles so leer und kalt vor. Der Stuhl, auf dem er immer saß, steht sinnlos im Weg. Der Abdruck im Bett, den er hinterlassen hat, macht mich verrückt, obwohl ich die Matratze umgedreht habe. Im Kühlschrank herrscht gähnende Leere. Ich habe sowieso keinen Hunger.
Mir fällt unsere letzte gemeinsame Mahlzeit ein: Spaghetti mit Tomatensoße. Oli hatte wie immer Möhren und Paprika mitgekocht und ich wie immer darüber geschimpft. Wer braucht schon Gemüse? Ich jedenfalls nicht. Ich brauche Oli! Und ich brauche etwas zu trinken. Sieben Bier sind eine Mahlzeit. Bier ist keins da. Nur Wein. Und Schnaps. Ich mag keinen Schnaps. Ich mag Mixgetränke. Damit kenne ich mich aus. Ich weiß nur nicht, wie man sie mixt. Oli wusste das.
Nun heule ich doch noch und greife nach der erstbesten Flasche und trinke gleich daraus. Es brennt wie Feuer in meiner Kehle, doch das macht nichts. Es ist sogar gut so. Als die Flasche leer ist, nehme ich die nächste und setze mich damit ins Bett, gleich so in Sachen. Obwohl ich einfach nicht aufhören kann zu heulen, fühle ich mich irgendwie wohl.
Mir fällt Thomas ein. Jetzt kann er zu mir kommen, wenn ich Lust auf ihn habe und wir müssen uns

nicht mehr im Auto herumdrücken.

*****

„Warum kicherst du die ganze Zeit?", will Thomas
wissen.
„Ich habe mich heute voll blamiert, weil ich ständig
lachen musste."
Thomas lacht, obwohl er noch gar nicht weiß, wo-
rüber ich mich so köstlich amüsierte.
„Was ist so schlimm, wenn man lacht?"
„Nichts. Falls es nicht gerade auf einer Beerdigung
ist."
„Erzähle!", bittet er mich.
„Als ich in der Trauerhalle ankam, waren alle Gäste
in heller Aufregung, weil die Urne mit Olis Asche
…"
„Wer ist Oli?", unterbricht er mich.
„Mein Mitbewohner, ich meine: mein ehemaliger
Mitbewohner. Er hat sich selbst getötet."
Thomas zuckt zurück, runzelt die Stirn und schaut
mich entsetzt an, obwohl er Oliver gar nicht kann-
te.
„Eine furchtbare Katastrophe für die Familie. Und
auch für dich."
Ich zucke mit der Schulter.
„Weißt du, warum er nicht mehr leben wollte?"
„Nö, keine Ahnung."
Ich weiß zwar, dass er sich sein Leben mit mir

anders vorgestellt hat, doch dafür kann ich nichts. Er wollte unbedingt bei mir wohnen und dann wollte er unbedingt sterben.

„Er hat sich im Internet eine Tablette bestellt."

Thomas glaubt mir nicht, das sehe ich ihm an. Mir ist das gleichgültig.

„Wann?"

„Keine Ahnung."

Ich war seine Freundin, nicht seine Mutter.

„Ich meine, wann ist das schreckliche Unglück passiert?"

„Gestorben ist er vor drei Wochen."

Das war genau der Tag, an dem ich Thomas kennenlernte. Kurz überlege ich, ob ich ihm erzählen soll, dass ich nach unserer ersten heißen Nummer ohne es zu merken neben dem Toten schlief. Doch dann beschließe ich, mich auf die Trauerfeier zu beschränken, die wirklich lustig war.

„Also diese Vase mit der Asche ..."

„Die Urne meinst du?"

Ich verdrehe die Augen. Immer diese Korrekturen! Es reicht doch, wenn er weiß, wovon ich rede.

„Also die Urne mit Olis Asche war weg. Verschwunden. Olis Mutter bekam einen Heulkrampf und war durch nichts zu beruhigen, sein Bruder rannte mit den Leuten von der Beerdigungsfirma hin und her. Die sagten immer, das sei ihnen noch nie passiert. Schließlich stellte einer ein anderes Gefäß hin, ein leeres, verstehst du?"

Thomas schüttelt den Kopf.

„Wieso denn leer?"

„Weil die richtige Vase oder Urne", ich verdrehe genervt die Augen, „nicht zu finden war."

„Das gibt es doch gar nicht!", ruft er aus.

„Du findest das nicht lustig?", frage ich kichernd.

„Du hättest die betröffelten Gesichter der Leute sehen müssen! Die einen waren empört, die anderen fassungslos, die nächsten wollten die Trauerfeier ausfallen lassen, andere wiederum nicht. Ich habe nur noch gelacht und konnte nicht mehr aufhören. Auch nicht während der albernen Rede über einen Oliver, den ich so nicht kannte. Mir schien jedes Wort gelogen. Seine Mutter schluchzte die ganze Zeit. Das fand ich unpassend, denn Oli *wollte* schließlich sterben. Er hatte sich extra eine Tablette aus China bestellt, um zu sterben. Also ist alles so gekommen, wie er es wollte. Das wussten schließlich alle. Man muss den Menschen ihren Willen lassen. Doch das begreifen viele nicht."

Auch Thomas begreift das nicht. Er wirft mir fehlendes Mitgefühl vor. Wieso mir? Außerdem ist er der Nutznießer, denn nun kann er mich daheim besuchen und anschließend brav zu seiner Freundin zurückgehen. Was erzählt er ihr eigentlich, wo er so lange steckt? Hat er Mitgefühl für sie?

„Willst du nicht endlich verschwinden?", fauche ich Thomas an. „Ich will nicht, dass du hier einschläfst. Du weißt, dass ich das nicht mag."

Er lächelt und umschlingt mich mit seinen Armen.

„Nicht so fest! Du engst mich ein! Ich mag das nicht!"

„Ich weiß, was du magst", sagt er lachend und schlüpft aus seiner Hose.

Nun lache auch ich und lasse mich zurück aufs Bett fallen.

*****

Eigentlich wollte ich überhaupt keinen Mann mehr in meine Wohnung lassen. Mir ist das alles zu riskant. Wenn sie wissen, wo ich wohne, schlagen sie am Ende in denkbar ungünstigen Momenten hier auf. Das brauche ich wirklich nicht. Aber Thomas ist harmlos. Er nervt nicht und verlangt nichts von mir. Nach dem Sex geht er nach Hause zu seiner Freundin.

Und ich wollte nach Sebastians Tod das Trinken einschränken. Im Suff neben einer Leiche zu schla-fen, fand ich schon recht heftig. Doch mit dem Trinken ist das so eine Sache. Was soll ich den ganzen Abend treiben, wenn ich in einer Bar sitze? Außer Trinken fällt mir nicht viel ein. Ich lasse mir gern Cocktails spendieren, am liebsten Mai Tai oder Mojito.

*****

Es gibt Tage, da läuft alles glatt. Und es gibt Tage, da reiht sich ein Missgeschick an das andere. So wie heute. Zuerst fand ich keinen, der mich zur Bar fahren wollte und ich musste wohl oder übel die Bahn nehmen. Dann ist mir der Absatz kurz vor dem Eingang abgebrochen. So kann ich unmöglich unter die Leute! Wie sieht das denn aus? Aber ich kann auch nicht zurück nach Hause. Thomas muss mich zurückfahren! Doch ich entdecke ihn nirgendwo. Also humple ich mit dem kaputten Schuh in der Hand barfuß in die Bar und sitze wie festgeklebt auf dem Hocker, weil ich so nicht tanzen kann. Ich kann nicht einmal etwas trinken, weil mir bisher noch kein Einziger einen Mai Tai ausgeben wollte. Wo Thomas nur bleibt?

Ich schaue zur Tür, als ob er dadurch schneller herein kommt. Aber ich sehe ihn nicht. Dafür sehe ich einen Kerl, der genau meine Kragenweite ist: groß, dunkel, im schwarzen Muskelshirt. Sein Blick taxiert die tanzenden Mädchen, bleibt aber nicht an mir hängen. Ich räkle mich ein wenig, so dass mein Rock etwas höher rutscht. Doch auch das bemerkt er nicht. Endlich kommt er an die Bar, stellt sich neben mich und bestellt Bier.

„Ich nehme einen Mai Tai", säusle ich.

Doch der Typ schaut mich nicht an. Hat er meinen Wunsch nicht gehört?

„Bestellst du mir einen Drink?", hake ich etwas lauter nach.

Als er noch immer nicht reagiert, lege ich meine Hand auf seinen Arm und sage: „Dich meine ich."

„Was ist los?", herrscht er mich an.

„Bestellst du mir einen Mai Tai?", wiederhole ich und blinzle ihn durch meine langen Wimpern an.

„Warum sollte ich?", brummt er.

„Weil ich so gern Mai Tai trinke."

Ich lächle und forme meine Lippen zu meinem berühmten Schmollmund, der bisher noch jeden Kerl schwach gemacht hat. Dabei beuge ich mich gekonnt nach vorn, damit er sieht, was er alles haben könnte.

Doch er trinkt nur in einem Zug sein Bier aus und bestellt ein neues.

„Und ich?", beklage ich mich.

„Was ist mit dir?"

„Ich will auch etwas trinken."

„Dann mach´s doch!"

Er dreht sich um und geht. So eine Frechheit ist mir noch nie passiert!

Robert, der Barmann, lacht schallend und stellt mir einen Mai Tai auf die Theke.

Bei Robert habe ich keine Chance. Leider. Er ist genau mein Typ und hat immer etwas zu trinken. Doch er ist kalt wie Hundeschnauze und lässt sich durch nichts aus der Reserve locken.

„Dieser eine Drink geht aufs Haus, einen zweiten bekommst du von mir nicht", sagt er. „Bist wieder ziemlich aufgedonnert."

Ich weiß, dass er geschminkte Frauen nicht mag und sich nicht einmal für meine Brüste interessiert.

„Die Männer mögen das", gebe ich zurück.

„Aber eben nicht alle."

Er nickt mit dem Kopf dem Typ hinterher, der mir nicht einmal einen Drink ausgeben wollte, mich kaum anschaute und einfach verschwand. Das ist nicht normal. Schließlich weiß ich sehr genau, wie Männer ticken.

Robert beugt sich über die Theke und haucht mir verschwörerisch zu: „Die Frau ist die Kraft des Lebens, der Mann die Kraft des Todes, der Zerstörung."

So ein Blödsinn! Hält er sich jetzt für schlau? Er soll mir einen Drink geben und nicht so sinnlos daherreden.

„Wo steckt denn Thomas?", frage ich verdrießlich.

„Der kommt heute nicht."

„Warum?", frage ich genervt.

Doch Robert antwortet nicht, zuckt nur kurz mit der Schulter. Heute geht wirklich alles schief. Immerhin bricht er den Absatz meines zweiten Schuhs ab, so dass ich wenigstens halbwegs laufen kann.

Draußen vor der Tür steht der dunkle Typ von vorhin und raucht. Kurz überlege ich, ob ich ihn noch einmal anspreche und ihn bitte, mich nach Hause zu bringen. Vielleicht läuft doch noch etwas. Aber ich bin so übel gelaunt, dass ich nicht einmal mehr lächeln kann. Also gehe ich einfach vorbei.

„Wo willst´n hin?", macht er mich an.

„Nur nach Hause", sage ich etwas freundlicher.

„Wohnst weit?"

„Gleich hier in Neustadt. Und du? Wo wohnst du?"

„Geht dich nichts an!"

Ist mir auch egal. Ich wollte nur höflich sein. Er dagegen ist direkt schroff.

„Ich fahr dich!", bietet er an und zerrt mich zu einer Schrottkarre.

Auf derartige Fahrzeuge stehe ich nicht. Doch im Moment ist mir schon alles egal. Er soll mich nach Hause bringen und dann verschwinden. Ich habe heute einfach keine Lust mehr, einen Typ aufzureißen. Außerdem passt mir nicht, wie grob er mit mir umgeht. Er öffnet mir zwar die Autotür, doch dann versetzt er mir einen groben Schubs, so dass ich direkt auf den Sitz falle. Soll wohl witzig sein. Oder er wollte meinen Hintern sehen. Derbes Zupacken mag ich, doch kein Zerren und Schubsen, als sei ich ein störrisches Kind.

„Mach!", faucht er mich an. „Schlüssel!"

Ich bin derart überrascht, dass ich sofort auf seinen Befehl und die fordernde Handbewegung reagiere und ihm meinen Schlüssel gebe. Was ich sofort bereue. Denn nun wird er mit zu mir in die Wohnung kommen und ich kann ihn vielleicht nicht so leicht wieder loswerden.

„Ich bin die Nina."

Er schaut mich nicht einmal an, sondern geht ohne zu fragen in jedes Zimmer. In der Tür zur Schlafstube dreht er sich um, packt meinen Arm und stößt mich derb auf mein Bett.

So ein Grobian!

„Ich muss erst ins Bad", sage ich und richte mich auf.

„Nichts musst du! Du Schlampe!"

Im gleichen Moment schlägt er mir mit Wucht ins Gesicht.

Ich halte meine Hand auf die brennende Wange und schreie: „Bist du verrückt geworden? Hau ab! Hörst du? Verzieh dich!"

Jetzt trifft mich ein Faustschlag so heftig, dass ich zurückfalle. Ich merke, wie mein linkes Auge anschwillt und ich gerade so erkenne, dass er seine Hose öffnet. Nun packt mich Entsetzen, weil mir klar ist, dass er mich vergewaltigen wird.

Lass das!, will ich schreien. Doch er schlägt mir mit Wucht auf den Mund, dass ich sofort Blut schmecke. Dann dringt er so brutal in mich ein, dass ich dachte, in meinem Körper zerreißt etwas. Immer wieder traktiert er mich mit seinen Fäusten, bis ich schließlich gar nichts mehr spüre.

*****

Mir ist entsetzlich heiß. Ich muss dringend duschen. Doch aus meiner Dusche läuft kein Wasser.

„Spring einfach in den Pool!", ruft Mutter.

Wieso ist Mutter hier? Ich mag sie nicht und bin froh, dass sie weit weg in München lebt.

„Verschwinde!", schreie ich sie an, doch ich höre meine eigene Stimme nicht.

Trotzdem will ich wissen, wie sie in meine Wohnung gekommen ist. Sie kichert albern und wedelt mit einem Schlüssel vor meinen Augen. War ich wirklich so blöd und habe ihr meinen Schlüssel gegeben? Das hätte ich niemals tun dürfen!

Verärgert gehe ich die Treppen hinunter in den Keller, wo ein großes Schwimmbecken ist. Die Wände sind dunkelrot gestrichen, weshalb das Wasser rot leuchtet. Ich bin völlig nackt und friere. Auch das Wasser ist eiskalt. Es riecht seltsam.

Ich kann mich nicht bewegen und sinke tiefer und tiefer. Dabei schlucke ich Wasser, das unangenehm faulig schmeckt, irgendwie nach Eisen. Panisch versuche ich, mit den Beinen zu strampeln, um wieder aufzutauchen. Doch meine Beine sind schwer wie Blei und halten mich auf dem Beckenboden fest. Ich will mit den Armen um mich schlagen, doch auch die kann ich kaum bewegen. Mich ergreift Panik und ich schreie, obwohl mich unter Wasser keiner hören kann. Dabei schlucke ich noch mehr Wasser und muss husten.

Erleichtert merke ich: Es war nur ein blöder Traum.

Doch ich huste wirklich, wobei mir die Lippen brennen und gleichzeitig kribbeln. Vielleicht kriege ich wieder so ein ekliges Herpes-Bläschen, so dass mich keiner küssen mag. So ein Mist! Außerdem habe ich noch immer diesen seltsam metallischen Geschmack im Mund. Was habe ich nur gestern getrunken? Ich muss ins Bad, den Mund ausspülen oder noch besser, mich gleich übergeben. Das hilft meist sofort.

Doch aus irgend einem Grund kann ich mich nicht aufrichten. Ich rolle mich zur Seite und schreie im gleichen Moment auf, weil durch meinen Arm ein unerträglich heftiger Schmerz fährt. Ich drehe mich zurück und spüre auf einmal tausend Nadeln in meiner Brust. Was ist nur los mit mir?

Die Sonne scheint ins Zimmer. Wie spät mag es sein? Ich will auf die Uhr schauen, aber es gelingt mir nicht, denn mein linker Arm ist schwer wie Blei. Ich kann ihn nicht bewegen. Vermutlich bin ich wieder einmal saudumm gefallen. Hoffentlich ist der Arm nicht verstaucht. Um mich herum sehe ich alles wie in einem Nebel, aus dem der Kleiderschrank verschwommen auftaucht. Bin ich immer noch betrunken? Ich kann mich nicht erinnern, womit ich mich gestern zugeschüttet habe. Das passiert mir manchmal, dass ich im ersten Moment nicht weiß, wie ich nach Hause gekommen bin und vor allem, mit wem. Bei dieser Vorstellung muss ich lachen, was ich sofort bereue. Denn mir tun die

Lippen entsetzlich weh, als wären sie trocken und eingerissen. Ich muss sie eincremen und sofort ins Bad, denn mir ist schon wieder speiübel.

Doch ich kann mich nicht aufrichten und schon gar nicht aufstehen. Wenn ich nicht aufs Klo müsste, würde ich einfach liegenbleiben und noch eine Runde schlafen. Mir ist kalt, weil ich immer nackt schlafe. Ich taste mit der rechten Hand nach der Decke, kann sie aber nicht finden. Kein Wunder, dass ich so jämmerlich friere. Ich stütze mich ein wenig auf den Ellenbogen und kann nicht fassen, was ich sehe: Das Laken und auch mein Körper ist blutverschmiert! Ich bin verletzt! Entsetzt sinke ich zurück aufs Bett.

Im gleichen Moment fällt mir alles wieder ein und mich ergreift Panik. Ich bin geschlagen und vergewaltigt und immer wieder geschlagen worden. Vielleicht ist der Mann noch hier in meiner Wohnung? Im Bad oder in der Küche. Habe ich nicht gerade ein Geräusch gehört?

Was mache ich nur? Suchend schaue ich mich nach meinem Handy um, doch ich kann es nirgends entdecken. Es wird in meiner Handtasche sein, die draußen im Flur steht. Wie komme ich unbemerkt dorthin? Es ist aussichtslos.

Trotzdem rutsche ich vorsichtig zum Bettrand, wobei ich die Schmerzen kaum aushalte. Mir tut jeder Zentimeter an meinem ganzen Körper entsetzlich weh. Es gelingt mir nicht, mich aufzurichten. Meine Beine knicken ein und ich schlage dumpf auf dem Boden auf. Das wird der Mann gehört haben. Er wird ins Zimmer kommen und mich wieder schlagen. Ich schließe die Augen und bete, dass ich vorher sterbe, damit ich nichts mehr spüren muss. Doch er kommt nicht. Vielleicht ist er weg? Hoffentlich ist er weg!

Vorsichtig krieche ich zur Tür, was länger als eine Ewigkeit dauert. Mit viel Mühe und unter großen Schmerzen ertaste ich vom Boden aus die Klinke und ziehe daran, aber die Tür springt nicht auf. Endlich begreife ich, dass sie wohl von außen abgeschlossen ist. Ich bin eingesperrt!

Ich krieche zurück zum Schrank, schaue in den Spiegel und schreie auf, als ich mich sehe. Mein rechtes Auge ist zugeschwollen, das linke rot, die Lippen aufgeplatzt, meine Haare und Nase voller Blut, vom Hals bis zu den Brüsten verlaufen eingetrocknete Blutspuren. Beide Arme sind von blauen Flecken übersät, Beine und Bauch voller Blut und blauer Druckstellen. Ich bin derart entsetzt, dass ich nur noch weinen kann. Die Tränen lasse ich einfach laufen, weil das Abtupfen furchtbar weh tut. Vor Angst und Kälte klappern mir die Zähne. Ich wühle aus dem Kleiderhaufen, der auf dem Boden liegt, einen Pullover hervor. Der Pullover ist zwar weit, trotzdem gelingt mir das Hineinschlüpfen nicht. Schließlich fahre ich nur in den rechten Ärmel. Ich ertaste Unterwäsche, doch ich schaffe es nicht, in eine Hose zu steigen. Erschöpft lasse ich mich auf die Kleider sinken und bedecke notdürftig Beine und Po mit einer Bluse.

Mir ist klar, dass ich nicht hier liegenbleiben kann. Doch ich kann mich nicht bewegen und habe keine Möglichkeit, Hilfe herbeizurufen. Ich bin hier im Zimmer eingesperrt und mein Handy liegt draußen im Flur. Hier wird mich niemand finden. Ob mich jemand vermisst und nach mir sucht? Thomas! Er weiß, wo ich wohne, doch er hat keinen Schlüssel. Auch keiner der Nachbarn hier im Haus hat einen Schlüssel zu meiner Wohnung. Ich kenne keinen einzigen. Sie haben mich nie interessiert und ich grüßte keinen bei Begegnungen. Es bringt auch nichts, auf den Boden zu klopfen. Selbst, wenn ich das könnte! Sie klingeln schon lange nicht mehr an meiner Tür, wenn ich laute Musik höre und dazu tanze. Sie haben sich daran gewöhnt oder mögen es nicht, wenn ich sage, dass sie sich davonscheren sollen.

Es wird schon fast dunkel, ehe mir das Fenster einfällt. Mit viel Mühe gelingt es mir, ans Fenster zu kriechen, mich hochzuziehen und es zu öffnen.

„Hilfe!", schreie ich und wedle mit dem rechten Arm.

Doch es kommt nur ein krächzendes *fülfe* aus meiner Kehle.

Einige Leute laufen vorbei, ohne aufzuschauen. Andere gucken kurz und gehen weiter. Sehen sie meine Verletzungen nicht? Ich wohne im dritten Stock und weiß nicht, was man aus dieser Entfernung erkennt und versteht, weil ich die dicken und aufgesprungenen Lippen kaum bewegen kann.

Mir fällt ein, dass die Leute eher helfen, wenn man Feuer schreit.

Also rufe ich abwechselnd „Feuer! Fülfe! Folifei!"

Schließlich schreie ich nur noch verzweifelt: „Aaaa! Auuaaa!"

Endlich bleibt eine Frau stehen und ruft: „Brauchen Sie Hilfe?"

„Ja! Üferfall!"

Inzwischen kann ich mich auf den Beinen kaum noch halten. Ich gebe auf und sinke zurück aufs Bett. Dort kann ich mich etwas zudecken, obwohl mich vor all dem Blut schrecklich ekelt.

Vermutlich war ich eingeschlafen, denn mich weckt starkes Klopfen, Klingeln und Rufen. Männerstimmen! Ich mag keine Männerstimmen. Ich ertrage sie nicht. Schließlich kapiere ich, dass es vielleicht die Polizei ist. Doch wie soll ich mich bemerkbar machen? Öffnen kann ich nicht.

Suchend schaue ich mich um. Die Nachtlampe! Sie hat einen schweren Metallfuß, den ich greife und gegen die Tür schlage und schreie, immer und immer wieder. Auch die Männer rufen etwas, doch ich kann sie nicht verstehen. Sie sollen nicht so viel reden, sie sollen mir helfen. Ich schreie lauter und höre auch nicht auf, als sie endlich vor mir stehen. Es sind drei Polizisten, die sofort zur Seite treten, um zwei Männer in roten Jacken vorbeizulassen. Die Feuerwehr? Aber es brennt doch gar nicht!

Mir knicken die Beine ein, doch ich spüre, wie ich aufgefangen werde und schließe zufrieden meine Augen. Nun wird alles gut.

*****

„Guten Morgen, Frau Feldmann. Sie sind doch Frau Feldmann?", fragt eine sanfte Frauenstimme und klopft auf meine Hand.

Sie meint mich! Wie durch einen Schleier sehe ich helle Haare und eine dunkle Bluse. Ich nicke und spüre sofort einen dumpfen Schmerz im Kopf.

„Sie sind im Krankenhaus."

Ich seufze und erinnere mich plötzlich, dass ich irgendwo eingesperrt war und von Männern in roten Jacken gerettet wurde.

„Ihr Gesicht ist stark geschwollen, besonders die Augen. Deshalb ist Ihre Sicht im Moment etwas eingeschränkt. Das Nasenbein ist gebrochen, weshalb Sie eine Tamponage in den Nasenlöchern haben und zur Stabilisierung eine Gipsschiene."

Ich will meinen Arm heben, um die Nase abzutasten, doch es gelingt mir nicht. Ist diese Frau ein Arzt oder Polizist? Sie hat es mir nicht gesagt, nicht einmal ihren Namen. Fragen mag ich sie nicht, zumal ich meine Lippen kaum bewegen kann. Überhaupt habe ich das Gefühl, mein Gesicht ist ein einziger dicker Klumpen.

„Wissen Sie, wer Sie so zugerichtet hat?"

Ich schüttle leicht den Kopf, der sofort brummt und gleichzeitig pulsiert, als hätte ich eine Uhr im Hirn.

„War es Ihr Freund? Wie heißt er?"

Ich habe keinen Freund. Ich bin ganz allein. Das stimmt mich sofort überaus traurig und ich merke, wie mir die Tränen über die Wangen laufen. Das stört mich. Diese Frau stört mich. Ihre Fragen stören mich. Ich will sie nicht mehr sehen und schließe meine Augen.

„Frau Feldmann, Sie heißen doch Feldmann, nicht wahr? Sie hatten keine Papiere bei sich."

Woher kennt sie dann meinen Namen? Außerdem liegt meine Tasche immer auf der Konsole im Flur.

„Chache."

„Ich habe Tasche verstanden. Richtig?"

Ich nicke.

„Bemühen Sie sich nicht allzu sehr. Ihre Lippen sind stark geschwollen. Sie hatten keine Tasche bei sich."

„Konchole, Chlur."

Vermutlich hat die Frau nicht verstanden, dass

meine Tasche immer auf der Konsole im Flur steht. „Die Polizei hat weder eine Tasche noch ein Handy gefunden, auch keinen Schlüssel. Ihr Name stand auf dem Klingelschild. Wen sollen wir informieren?" Ich denke nach. Keiner meiner Bekannten ist so eng mit mir befreundet, dass ich sie informieren möchte. Außerdem sollte mich keiner so zugerichtet hilflos im Krankenbett sehen. Vermutlich würde auch keiner von ihnen herkommen. Außerdem befinden sich sämtliche Nummern nur im Handy und das ist offenbar verschwunden. Nur Thomas würde kommen, doch auch seine Nummer habe ich nicht. „Haben Sie Verwandte hier in der Stadt?" Ich schüttle wieder den Kopf. Mir fällt meine Mutter ein. Sie lebt mit ihrem neuen Mann in München. Ihre Nummer steht in meinem Handy. Endlich begreift die Frau, dass ich ihr gar nichts sagen kann. Sie wird wiederkommen, wenn ich sprechen kann, und die gleichen Fragen stellen.

Zwei Tage später sind die Schwellungen im Gesicht zurückgegangen und ich kann der Frau, die sich als Psychotherapeutin vorstellt, den Namen und die Adresse meiner Mutter nennen. Außerdem muss ich einem Polizisten die ganze Geschichte von der Vergewaltigung erzählen. „Und jetzt nennen Sie mir den Namen des Täters", verlangt er. „Den kenne ich nicht."

Ich sehe dem Mann an, dass er mir nicht glaubt.

„Warum wollen Sie den Täter schützen?", fragt er.

„Wie kommen Sie darauf?"

„Sie haben den vermeintlichen Täter ..."

„Vermeintlich? Was meinen Sie mit vermeintlich?"

„Nun, Sie haben ihn in Ihre Wohnung gebeten und waren vermutlich mit dem Sex einverstanden."

Gebeten? Ich habe niemanden in meine Wohnung *gebeten*. Maximal habe ich nicht verhindert, dass der Typ ganz gegen meinen Willen in meine Wohnung kam, in sie gewaltsam eindrang.

Ziemlich ungehalten fauche ich: „Ich hatte einen kaputten Schuh und wollte nur nach Hause."

„Denken Sie gründlich nach, womit Sie den Mann provozierten!"

„Provoziert?"

Empört und zugleich hilflos ringe ich nach Luft. Mir ist zum Heulen zumute. Ich fühle mich, als wäre ich nicht die Geschädigte, sondern eine Person, die lügt und Männer zu Vergewaltigungen animiert. Sofort schießen mir die Tränen in die Augen, doch ich blinzle und versuche, wütend zu werden, damit ich nicht vor diesem Mann heulen muss.

„Nichts habe ich gesagt! Nichts habe ich gemacht! Der Typ hat sofort zugeschlagen. Das habe ich alles schon gesagt!"

Begreift der Mann das nicht? Oder will er nur noch einmal sämtliche Details hören? Es stimmt, dass ich den Täter in meine Wohnung gelassen habe.

Und es stimmt auch, dass ich mit Sex einverstanden war. Aber freiwillig und nicht mit Gewalt. Der Täter wollte keinen Sex, er wollte nur seine Gewalt ausleben. Er schlug ohne Grund zu und hörte nicht mehr auf.

„Es wurde bereits ein Ermittlungsverfahren gegen Unbekannt eingeleitet wegen schwerer Körperverletzung inklusive der Verletzungen im Intimbereich. Für das Strafverfahren im Sexualstrafrecht ist eine Aussageanalyse durch einen erfahrenen Fachanwalt und ein psychologisches Gutachten nötig."

Aussageanalyse? Psycho-Gutachten? Man glaubt mir also nicht. Wenn der Typ nicht gefunden wird, kann man ihn nicht bestrafen. Und wenn er gefunden wird, kommt es immer noch darauf an, was er aussagt, wie *er* die Geschichte schildert. Obwohl es Beweise für seine Gewalt gibt, das Gericht muss nur die Arztberichte lesen. Und falls der Täter gefunden wird, wird er sich an mir rächen. Er weiß schließlich, wo ich wohne. Ich will nicht mehr in meine Wohnung zurück. Ich will das alles nicht! Ich will allein sein!

„Wer kann für Sie aussagen? Wer sind Ihre Freunde?"

Ich denke nach und merke, dass ich keine wirklich engen Freunde habe. Ich kenne keinen einzigen vollständigen Namen, keine Adressen, keine Rufnummern. Nicht einmal die von Thomas. Ihn könnte ich ohnehin nicht informieren, weil er bei seiner

Freundin wohnt. Und Robert von der Bar? Nein, ich will mit Männern nichts mehr zu tun haben. Nie wieder! Ich will auch nicht noch einmal in diese Bar. Ich weiß gar nicht, wie sie heißt, ich kenne nur den Weg dorthin, den ich im ganzen Leben nie mehr gehen werde.

Ich wende mein Gesicht weg von diesem Polizist.

„Lassen Sie mich in Ruhe!", bitte ich flüsternd.

„Mehr kann ich Ihnen nicht sagen."

*****

„Sie sollten nicht immer nur weinen!" Eine junge Schwester streichelt mitfühlend über meinen Arm.

„Der Arzt hat den Tranquilizer erhöht."

„Trans-was?", frage ich, obwohl es mir eigentlich völlig gleichgültig ist.

„Das sind Beruhigungsmittel, die angstlösend und schlaffördernd wirken."

Schlafen. Ich möchte immer nur schlafen. Nichts anderes.

„Jetzt wasche ich dir gründlich den Kopf", sagt eine sanfte Frauenstimme.

Es ist meine Mutter! Schon als Kind nervte sie mich mit diesem Spruch über eine Kopfwäsche, wenn ich ihrer Meinung nach eine Dummheit gemacht hatte. Will sie mich auch jetzt mit Vorwürfen quälen? Dann kann sie gleich wieder gehen. Ich brauche sie nicht. Ich habe sie in meinem ganzen Leben nie gebraucht. Jetzt am allerwenigsten!

Sie lacht und rubbelt auf meinem Kopf herum. Ich merke, dass sie meine Haare mit Shampoo einseift und mir tatsächlich den Kopf waschen will. Wie soll das funktionieren hier im Bett? Sie wird alles nass manschen!

„Hau ab!", will ich rufen, doch ich bringe kein Wort über die Lippen.

Sie stülpt mir ein Handtuch über den Kopf, wischt damit hin und her, als ob sie ein Möbel blankpoliert. Wieder lacht sie.

„Oje! Ich habe alle deine Haare abgewischt", klagt sie und zeigt mir das Tuch, das tatsächlich über und über voller langer roter Haare ist.

Ich fühle über meinen Kopf, der glatt ist wie eine Glatze. Ich will keine Glatze haben! Wie kann das passieren? Haben die vielen Medikamente, die sie hier im Krankenhaus in mich hineinstopfen, meine Haare ausfallen lassen? Verzweifelt verkrieche ich mich unter meiner Decke.

„Das ist nicht schlimm, meine Kleine", tröstet Mutter und fährt mit der Hand sanft über meinen Kopf. „Alles wird gut."

Nichts wird gut. Ich will nicht, dass sie mich streichelt, als wäre ich ein kleines Kind. Und doch ist es angenehm.

Ich öffne meine Augen und schaue in das besorgte Gesicht meiner Mutter.

„Ich bleibe bei dir, meine Liebe."
Auf einmal bin ich derart erleichtert, dass ich schon wieder weinen muss. Mutti ist hier! Ich bin nicht mehr allein.
„Warum habe ich keine Haare mehr?", flüstere ich.
Sie schaut mich verwundert an.
Dann sagt sie: „Mit deinen Haaren ist alles in Ordnung." Sie greift neben mein Ohr, holt eine lange Strähne roter Haare nach vorn und hält sie mir vor die Augen. „Hier! Sie sind nach wie vor da und wunderschön!"
Erleichtert seufze ich und begreife, dass ich das alles nur geträumt habe.

*****

Drei Wochen später sitze ich neben meiner Mutter im Auto. Sie begleitet mich zur Kur nach Bad Reichenhall. Wir wohnen beide in einem geräumigen Doppelzimmer, was mich beruhigt, denn seit der brutalen Vergewaltigung kann ich nicht mehr allein sein. Und ich ertrage die Dunkelheit nicht. Weder draußen noch im Haus. Die ganze Nacht muss das Licht brennen, anders halte ich es nicht aus. Trotzdem zucke ich beim kleinsten Geräusch zusammen. Sobald ich laute Männerstimmen höre, ergreift mich Panik und ich möchte mich verkriechen. Körperlich spüre ich keinen Schmerz mehr, nicht einmal, wenn ich mit einer Nadel in meine Haut steche.

Ich fühle mich wie unter einer großen Glasglocke, vom Leben ausgesperrt. Die Farben sind blasser und Geräusche gedämpfter. Nur der Appetit auf Süßes ist geblieben. Doch ich spucke alles wieder ins Klo und spüle es hinunter wie sämtliche Erinnerungen. Ich mag an nichts mehr denken.

„Du musst mehr essen!", ermahnt mich Mutter.

Wozu soll das gut sein? Zumal sowieso alles gleich schmeckt – wie Mehl ohne jedes Gewürz.

Mutter wurde vom Arzt angerufen und kam schon am nächsten Tag. Sie hat noch vor der Kur dafür gesorgt, dass das aufgebrochene Türschloss meiner Wohnung ersetzt wurde, hat das besudelte Bett entsorgen lassen und ein neues gekauft. Und sie beschaffte für mich neue Papiere und ein Handy.

Ich hätte mich nicht darum gekümmert. Wozu auch? Ich will nur meine Ruhe.

Hier im Kurhaus werde ich ständig von einem Termin zum nächsten gejagt, Einzel- und Gruppengespräche mit wildfremden Leuten, die mich nichts angehen und mit denen ich nicht reden mag. Ich soll dumme Übungen machen für Gelassenheit und Mut. Hände in die Hüften stemmen, auf einem Bein stehen, die Wirbelsäule spüren, breitbeinig gehen, mit den Fingern schnippen, trommeln und noch anderen Unsinn. Ich höre gar nicht mehr hin.

Es interessiert mich einfach nicht.

„Wir Frauen sind schwächer als die Männer. Deshalb müssen wir klüger sein als sie."

Will mir Mutter schon wieder sagen, dass es dumm von mir war, den Typ mit zu mir nach Hause zu nehmen? Ich habe ihn nicht mitgenommen! Er hat sich aufgedrängt und sofort zugeschlagen. Noch niemals zuvor habe ich schlechte Erfahrungen mit Männern gemacht. Die Sache war immer klar: Er wollte Sex genauso wie ich und danach war jeder zufrieden und ging seiner Wege. Genervt drehe ich mich weg von ihr.

„Ich weiß, dass du die Männer bisher nicht so gesehen hast wie sie wirklich sind", behauptet Mutter. Nichts weiß sie! Mein Leben war in Ordnung, ich hatte viel Spaß und mehr braucht es nicht.

„Meide die Männer! Rein körperlich bist du ihnen unterlegen. Sie können dir mit ihrer Kraft schaden, weil du ihnen mit deinen Öffnungen schutzlos ausgeliefert bist. Fühle dich nie sicher! Weder vor Freunden noch vor Kollegen!"

„Mama! Ich bin nicht dumm!"

„Nein, das bist du nicht. Aber auch, wenn man klug ist, tut man manchmal dumme Dinge."

Macht sie mir Vorhaltungen? Was soll ich mit ihren Ratschlägen? Ich brauche sie nicht. Ich brauche nur meine Ruhe. Trotzdem ertrage ich es nicht, allein zu sein. Mutter spaziert mit mir durch den Park und lässt mich dort zurück. Ich soll lernen, ohne sie ins Kurheim zu finden und eine halbe Stunde meinen Weg allein gehen. Meist bleibe ich einfach auf einer Parkbank sitzen, bis sie mich wieder abholt.

Stefanie

Auf Anraten der Therapeutin habe ich Nina im Park zurückgelassen und hoffe, sie bleibt nicht wieder auf einer Bank sitzen und wartet darauf, dass ich sie später abhole. Es tut mir weh, sie so allein sitzen zu sehen, in sich zusammengesunken wie ein geprügelter Hund. Sie spricht kaum. Ich weiß nicht, worüber sie nachdenkt, ob sie überhaupt denkt, ob sie Schmerzen hat. Vermutlich grübelt sie, doch das bringt nichts.

Die Therapeutin erklärt mir, dass Nina depressiv ist und die Welt nicht wahrnimmt, nur sich selbst. Ich soll mir überlegen, womit ich ihre Aufmerksamkeit errege. Das würde ihre Mauer durchbrechen, weil sie sich dann nicht mehr nur mit sich selbst beschäftigt. Leicht gesagt, doch ich weiß nicht, was Ninas Aufmerksamkeit wecken kann.

Wir sind bereits zwei Wochen hier und ich sehe keine Besserung ihres apathischen Zustands. Immer wieder wird sie von Panikanfällen geschüttelt, sobald sie allein ist oder es dunkel wird oder eine Tür auch nur einen Spalt offen steht. Dann erinnere ich sie an die Übungen, die ihr die Therapeutin gezeigt hat, um mit dieser intensiven Angst fertigzuwerden. Sie soll ihre Hände, Füße und den Kopf gezielt bewegen, sich auf Geräusche konzentrieren oder sich von mir in die Arme nehmen lassen. Doch Nina zuckt zusammen, wenn ich sie umarmen will. Schon als Kind war sie kein Schmusekätzchen, wollte nicht angefasst werden und möglichst alles allein machen. Doch jetzt kann sie nicht mehr allein sein, jetzt macht ihr alles große Angst. Nicht einmal den Termin vor Gericht will sie wahrnehmen, falls es einen geben soll. Sie hat keine Anzeige erstattet, also will sie mit der ganzen Sache nichts mehr zu tun haben. Ich finde das nicht richtig.

Meine größte Sorge ist, dass Nina immer dünner wird, weil sie nichts isst. Ich weiß beim besten Willen nicht, wie ich ihr helfen kann.
Nina verspürt nicht das Bedürfnis, sich mir anzuvertrauen. Dabei bin ich ihre Mutter! Was erwarte ich denn? Schon vor Jahren ging sie weg von mir, um allein erwachsen zu werden. Ist sie damals bei Freunden untergekommen? Oder hat sie sich ganz allein durchgeschlagen und war ebenso einsam wie ich? Ich weiß nicht, ob sie glücklich oder unglücklich war. Ich weiß gar nichts und muss zufrieden sein, ihr jetzt beistehen zu dürfen. Das tröstet mich, obwohl es ein lähmend grauenvolles Gefühl

ist.

„Guten Tag. Sind Sie Frau Feldmann?"
Überrascht schaue ich in das fremde Gesicht eines Mannes. Er scheint älter als ich zu sein und wirkt freundlich. Doch darauf kann man heutzutage nichts geben.
„Nein", antworte ich kurz angebunden.
„Sie entschuldigen, aber Sie erinnern mich an eine frühere Kollegin, die ich sehr mochte. Damals arbeitete ich in Frankfurt."
Auch ich habe in Frankfurt gearbeitet, doch das ist ewig Jahre her. Damals hieß ich tatsächlich Feldmann.
„Ich bin in der Alpenklinik und erst den zweiten Tag hier. Wenn Sie erlauben, begleite ich Sie ein paar Schritte."
Er hebt seine Arme und lächelt breit. Diese Geste kommt mir bekannt vor. Wo habe ich diesen Mann schon einmal gesehen?
„Hartmann?", frage ich leise.
„Wie bitte?"
„Hieß die Frankfurter Firma Hartmann? Ich war dort vor mehr als zehn Jahren Sekretärin und hieß Feldmann."
„Steffi!", ruft der Mann erfreut aus. „Wusste ich´s doch!"
Und schon spüre ich seine kräftigen Arme, die mich festhalten, was mir nicht unangenehm ist.

Trotzdem wehre ich entschieden ab.

„Du erkennst mich nicht? Ich bin der Stefan, Stefan Wenzel, der beste Servicemann aller Zeiten."

Wieder breitet er seine Arme aus und lacht. Auch ich lache und erinnere mich an seine stets fröhlichen Sprüche und seine unglaubliche Gabe, alles zum Guten zu wenden. Komplizierte Kunden verwies man an ihn und kurze Zeit später war das Problem vom Tisch. Immer. Anfangs mochte ich es nicht, dass er gleichzeitig sprach und lachte. Das sah freundlich aus, doch ich verstand nichts. Ich lache *oder* rede. Stefan verharmloste das, was er sagt, indem er hinterher lachte. Dabei passte sein Gelächter oft gar nicht zum Text. Trotzdem oder deshalb mochten ihn alle, ich auch. Jeden Freitag ließ er Punkt zwölf Uhr den Stift fallen und rief: „Wochenende! Auf zum Italiener!" Ihm war gleichgültig, ob noch unerledigte Arbeit auf dem Schreibtisch lag. Sogar die Chefs ließen sich von seinem lockeren Charme mitreißen.

Nun lasse ich doch eine Umarmung zu und spüre dabei seine Knochen, obwohl er eine dicke Jacke trägt. Damals war Stefan eher zu kräftig als so schlank wie heute.

„Wie geht es dir?", frage ich höflich und hoffe, dass ich jetzt keine lange Krankengeschichte zu hören bekomme.

„Ganz hervorragend gut! Jetzt, wo ich dich getroffen habe!"

Diese Antwort wirkt ehrlich und passt zu Stefan wie sein frohes Lachen, obwohl er nicht ohne Grund hier zur Kur ist. Fröhliche Menschen wie er sind nicht nur glückliche, sondern meist auch gute Menschen.

„Stefan und Stefanie! Weißt du noch, wie uns die Kollegen damit gefoppt haben?"

Natürlich erinnere ich mich daran. Und ich weiß noch sehr genau, wie peinlich mir das war, während er nur darüber lachte.

Stefan umfasst meine Hände und fragt: „Bist du krank?" Seine Stimme klingt besorgt.

Ich schüttle den Kopf.

„Wie kann ich dich aufmuntern?"

„Aufmuntern?"

„Du warst vorhin so in Gedanken versunken."

Ich erwähne kurz, dass ich meine Tochter zur Kur begleite, neu geheiratet habe, nicht mehr Feldmann heiße und nun in München wohne.

„Wunderbar! Ich werde dich besuchen, wenn ich wieder in München bin."

„Fein!", rufe ich aus, obwohl ich nicht daran glaube. Ich möchte jetzt nicht über Nina sprechen, auch nicht über Stefans Krankheiten, weil eine Unterhaltung nur so lange angenehm ist, wie sie aus Höflichkeit und Lüge besteht. Die Menschen nehmen nur die Gedanken auf, die sie selbst gebrauchen können. Deshalb behaupte ich, dass ich jetzt meine Tochter abholen muss und verabschiede mich.

„Gib mir deine Handynummer!", fordert Stefan. „So können wir uns zusammenrufen und treffen, wenn du magst. Ich bin noch zwei Wochen hier."
Ich auch, vielleicht sogar länger. Aber das sage ich nicht, sondern tausche nur unsere Nummern aus.

Inzwischen weiß ich, dass Stefan bis zur Rente bei Hartmann arbeitete, während ich bereits nach zwei Jahren die Firma wechselte.
Nina schimpfte, als ich ihr von Stefan erzählte: „Du bist wegen *mir* hier und sollst dich um *mich* kümmern und nicht deine Zeit mit einer Liebschaft verplempern."
„Er ist ein alter Arbeitskollege, verheiratet und zudem Rentner."
„Na und? Je oller, je doller!"
„Jetzt wirst du unverschämt!"
Glaubt sie, ich würde mich mit einem Mann einlassen, obwohl ich verheiratet bin? Sie scheint die gleiche seltsame Vorstellung von der Ehe zu haben wie ihr Vater.

*****

Der ließ keine Gelegenheit aus, mich zu betrügen und zu demütigen. Er stellte mir immer Fragen, die gar keine Fragen waren, weil er darauf keine Antwort erwartete. *Soll ich dir das glauben? Was willst du mir damit sagen? Was hast du dir dabei ge-*

dacht? Ich habe jahrelang nicht begriffen, dass er damit nur seinen Unmut über mein Verhalten ausdrückte. Zuerst kam ich nicht mehr mit ihm zurecht und dann nicht mehr mit meinem Leben. Weil ich damals so viel weinte, lachte mich Nina eines Tages aus und sagte: „Zu einer ständig heulenden Frau würde ich an Papas Stelle gar nicht mehr nach Hause kommen."

Dieser gefühllose Vorwurf hat mich sehr getroffen. Bekümmert zog ich mich zurück und wurde richtig wehmütig. Dann packte mich der Zorn. Was erlaubte sich dieses verwöhnte Kind, das keinerlei Lebenserfahrung hat? Und was erlaubte sich mein Mann, dem ich aus Liebe bisher alles verzieh? Der Zorn hat mich endlich wach gerüttelt. Ich begriff, dass meine Verzweiflung am Verhalten meines Mannes nichts ändert. Nur *ich* kann mich ändern. Ich sollte mit dem Weinen aufhören und mich endlich scheiden lassen. Das habe ich getan. Doch nach der Scheidung ging es mir nicht besser. Ich fiel in ein tiefes Loch, aus dem ich keinen Ausweg sah, weil ich plötzlich ganz allein war. Denn kurz darauf zog auch meine Tochter aus.

„Ihr seid beide unfähig und seht mich im ganzen Leben nicht wieder!", brüllte Nina.

„Du bist erst sechzehn!", schrie ich zurück. „Wovon willst du leben?"

Sie knallte ein bedrucktes Blatt auf den Tisch.

„Dafür sind die Eltern zuständig. Wenn ihr euch

weigert, gehe ich vor Gericht", drohte sie.

Auf dem Blatt stand, dass Eltern verpflichtet sind, ihren Kindern bis zum Abschluss einer Berufsausbildung Unterhalt zu zahlen.

Natürlich habe ich mich erkundigt, ob Nina tatsächlich gegen meinen Willen ausziehen darf und ich für ihren Lebensunterhalt aufkommen muss. Sie darf und ich muss. Bis zu ihrem 25. Geburtstag bin ich gesetzlich dazu verpflichtet, obwohl ich nicht einmal weiß, ob sie eine Ausbildung macht, arbeitet oder einfach nur bummelt. Ich konnte an nichts anderes mehr denken und machte mir rund um die Uhr Sorgen um Nina. Ich fühlte mich schuldig, weil ich nicht in der Lage war, Mann und Kind glücklich zu machen. Alles hatte so wunderbar begonnen und endete in Kummer und Sorgen und der Frage, was ich einmal in meinem Mann gesehen hatte.

Dann wurde ich krank, bekam Herzrhythmusstörungen, Schwächeanfälle und konnte nicht mehr schlafen. Das machte mir große Angst und ich ließ mich gründlich untersuchen.

Statt einer konkreten Diagnose sagte der Arzt: „Sie brauchen Ruhe, Spaziergänge, positive Erlebnisse und gute Gedanken."

Aber woher sollte ich die nehmen?

Erst eine Freundin sortierte meine Gedanken, die sich zwei Jahre lang immer im Kreis drehten.

Sie sagte: „Männer halten starke Frauen nicht aus.

Sie müssen sie verletzen, demütigen, erniedrigen und betrügen, um sich selbst stark fühlen zu können."

Wie armselig! Doch wenn das stimmt, ist es perfekt gelungen, denn ich war nach zwanzig Ehejahren nicht mehr ich selbst, nur ein bemitleidenswertes Wrack, das ständig Angst hatte, etwas falsch zu machen.

„Außerdem bist du treuloser als dein Ex-Mann."

Wie kommt sie auf diese irrwitzige Idee? Sie weiß doch, dass ich mich die ganzen Jahre über nur um Mann und Kind gekümmert hatte, ohne jemals Dank zu erwarten oder gar zu bekommen.

„Der Treulose ist treu! Und zwar sich selbst! Er tut, was ihm gut tut ohne Rücksicht auf Verluste. Du bist die eigentlich Treulose, treulos dir selbst gegenüber, weil du nur an ihn gedacht und dabei dich und deine eigenen Wünsche komplett vergessen hast."

Ihre Sicht der Dinge machte mich wütend. So hatte ich das noch nie gesehen. Doch je länger ich darüber nachdachte, desto klarer wurde mir, dass ich endlich an mich denken und auch meine Tochter ziehen lassen muss. Nina war ohnehin inzwischen volljährig.

„Du solltest das Haus, in dem dich alles an deine Ehe erinnert, verlassen."

„Wie soll mich Nina finden, wenn ich wegziehe?"

„Das ist nicht dein Problem. Du musst an dich und

dein Leben denken."

Und sie behielt Recht. Sobald ich in einer kleinen Wohnung in einer anderen Stadt lebte, kam ich zur Ruhe. Dort lernte ich auch meinen jetzigen Mann kennen und zog zu ihm nach München.

Kurz vorher machten wir eine Ausflug nach Dresden. Und dort lief uns zufällig Nina direkt in die Arme. Gibt es derartige Zufälle? Ist auch das Wiedersehen mit Stefan nur ein Zufall? Wie ist es möglich, dass wir uns so viele Jahre nicht gesehen haben, vierhundert Kilometer voneinander entfernt leben und uns ausgerechnet hier in Bad Reichenhall begegnen?

*****

Bei einem Mutter-Tochter-Termin sagte Ninas Therapeutin, dass meine Scheidung maßgeblich zu Ninas Lebensart beigetragen habe. Welche Lebensart sie meinte, sagte sie allerdings nicht. Auch Nina spricht nicht mit mir über ihr Leben. Ich weiß nicht, was sie macht. Wäre sie nicht so brutal vergewaltigt worden und im Krankenhaus gelandet, hätte ich sie wohl so schnell nicht wiedergesehen und noch immer nicht gewusst, wo sie wohnt. Sie ist erwachsen, längst für sich selbst verantwortlich und mir keine Rechenschaft schuldig. Jetzt, da es ihr schlecht geht, darf ich endlich für sie da sein.

Stefan werde ich trotzdem treffen, ob es ihr gefällt

oder nicht.

*****

Wir spazieren durch den Kurpark, als Stefan leise sagt: „Meine Frau ist im letzten Monat gestorben."
Ich fasse nach seiner Hand, als ob ich Halt suche. Dabei braucht *er* Trost. Mir fällt nichts Passendes ein, was ich sagen könnte und schaue ihn nur ratlos an. Er zuckt matt mit der Schulter und wirkt plötzlich wie ein gequältes Tier. Ich umarme ihn und spüre, wie seine Schultern beben. Lange bleiben wir so stehen, halten uns nur stumm fest. Mir fällt ein, dass er seine Frau Gitti nannte und sie vermutlich Brigitte hieß. Obwohl ich sie nur wenige Male getroffen habe, sehe ich sie plötzlich vor mir. Sie war mir sympathisch und ich mochte sie gern.
„Was ist passiert?"
„Sie hatte Multiple Sklerose. Das sind Entzündungen im Gehirn und Rückenmark, wodurch Empfindungen wie Schmerz, Kälte und Wärme gestört sind. Ihre Muskeln wurden schlaff, so dass sie zuerst nicht mehr laufen und zum Schluss nicht einmal mehr sitzen konnte. Sie war ständig erschöpft und müde."
„Du sicher auch", vermute ich.
Stefan nickt.
„Während der letzten Monate habe ich kaum geschlafen, weil ich immer mit einem Ohr lauschte,

ob Gitti mich braucht."

Das ist ganz und gar nicht gut für Stefans Gesundheit, denn Schlafmangel kann regelrecht krank machen: seelisch und körperlich. Es soll sogar Herzinfarkt, Schlaganfall, Demenz und Parkinson begünstigen. Besorgt mustere ich ihn. Er ist blass und recht dünn, auch hat er tiefe Augenringe, doch er wirkt nicht antriebslos, nur etwas erschöpft.

„Bis zuletzt habe ich für Gitti gekocht, doch sie konnte kaum noch schlucken. Ich glaube, sie hat sich nur mir zuliebe hin und wieder einen halben Bissen reingequält."

Stefan fällt das Reden über seine Frau schwer und doch merke ich, dass er reden will.

„Manchmal musste ich einfach raus! Ich habe mich ins Auto gesetzt und bin ein paar Kilometer gefahren, habe irgendwo in einem Gasthof gegessen, mit fremden Leuten Blödsinn geredet und bin erst dann wieder zurück."

„Hat dir jemand geholfen?"

Ich überlege, ob Stefan Kinder hat, kann mich aber nicht mehr daran erinnern.

Er nickt.

„Morgens versorgte eine polnische Pflegerin Gitti, hat sie gewaschen, massiert und angezogen."

Alles andere hat er allein bewältigt, auch die Wäsche und den Haushalt.

„Sie wollte nicht in einem Krankenhaus sterben, auch nicht in einem Hospiz. Ich war bei ihr bis zum

…", Stefan räuspert sich, „Bis zuletzt."

Er erzählt, dass er sich kündigen ließ und bis zur Frührente von der Abfindung und vom Ersparten lebte. Dann hellt sich seine Miene auf.

„Wir haben noch schöne Schiffsreisen unternommen, sind kreuz und quer über sämtliche Meere geschippert. Das hat ihr gefallen. Nur in diesem Jahr ging das nicht mehr. Ich hätte das nicht mehr allein gestemmt und eine Pflegerin mitnehmen müssen."

Mit einem Rollstuhl in den engen Schiffsgängen und Kabinen ist das sicher schwierig, auch für Gitti. Außerdem hätte er für die Fahrt und den Lohn der Pflegerin aufkommen müssen.

Ich kenne viele Menschen, doch nur wenige hätten sich derart selbstlos wie Stefan um ihren schwerkranken Partner bemüht.

„Sie war der Faden, an dem mein Leben hing und dieser war plötzlich gerissen."

Das klingt übertrieben theatralisch, doch ich merke, wie ernst es Stefan damit ist. Er fühlt es genauso wie er es sagt. Er ist haltlos ohne seine Frau.

„Jetzt musst du wieder mehr an dich denken!", ermahne ich ihn. „Sonst wirst du am Ende noch krank."

Stefan schaut mich seltsam bedrückt an. Dabei waren meine Worte mitfühlend gemeint. Seinen Schmerz kann die Kur nicht lindern, doch er kann sich von den vielen schweren Stunden an Gittis

Bett erholen.

„Schön ist es hier!", rufe ich aus und zeige auf den gepflegten Kurpark mit den alten Bäumen und dem Springbrunnen. „Auch die Stadt gefällt mir."

„Mir nicht!", brummt Stefan und lacht gleichzeitig. „Das Kaff ist langweilig, bieder und voller alter Leute." Wieder lacht er und zeigt auf sich. „Außerdem mag ich die Berge nicht, sie engen mich ein."

Wie können Berge einengen? Man sieht von ihnen mehr als hundert Kilometer weit ins Land hinein.

„Ich brauche Wasser, die See, den Strand, aber an der Ostsee wäre erst im November Platz gewesen. So lange kann ich nicht warten, ich musste sofort da weg, wo mir meine Gitti fehlt."

„Wie lange bleibst du?", erkundige ich mich.

„Bis Freitag nächste Woche. Danach fahre ich direkt von hier nach Italien. Ich habe Freunde dort und darf bei Ihnen bleiben so lange ich mag." Nach einer Pause spricht er weiter. „Ich mag nicht ins Haus zurück. Verstehst du das?"

Ich nicke. Jeder Stuhl, jede Tasse, alles wird ihn an seine Frau erinnern und nicht zur Ruhe kommen lassen. So erging es auch mir, nachdem ich ohne meinen Mann und Nina ganz allein im Haus lebte. Ist Stefan ebenfalls ganz allein? Ich frage nach.

„Ich habe drei Kinder", sagt er lächelnd. „Die beiden Mädchen werden Gittis Sachen ausräumen und der Große zieht mit seiner Familie ins Haus. Er hat drei Kinder wie ich. Ich brauche das große

Haus nicht mehr und suche mir eine kleine Wohnung, zwei Zimmer genügen mir."

Das verstehe ich sehr gut und nicke Stefan zu.

Wir setzen uns in ein Café und bestellen Kuchen mit viel Sahne.

*****

Erst zwei Tage später können wir uns wieder treffen. Denn immer, wenn Nina einen Arzttermin und ich Zeit hatte, hatte Stefan auch einen Termin.

Endlich fühle ich mich in der Lage, von meiner Tochter und der brutalen Vergewaltigung zu erzählen.

„Ihr geht es immer noch nicht gut", berichte ich. „Zum Glück bekommt sie Medikamente."

„Nicht immer ist es gut, Empfindungen mit Chemie zu töten."

„Was meinst du mit Chemie?"

„Medikamente. Psychopharmaka greifen die Nervenzellen an, sie machen gefühllos."

Eigentlich bin ich froh, dass Nina ruhiger geworden ist, nur ihre Appetitlosigkeit und ihre Teilnahmslosigkeit, ihre Gleichgültigkeit mir und anderen Menschen gegenüber macht mir Sorgen. Glaubt Stefan etwa, dass das von den Tabletten kommt?

„Meiner Meinung nach verschreiben die Ärzte viel zu schnell beruhigende Mittel. Der Verbrauch steigt zum Beispiel von einem Jahr zum nächsten um dreißig Prozent. Doch ich kann mir nicht vorstellen, dass im gleichen Zeitraum dreißig Prozent mehr Menschen erkranken."

„Ich vertraue den Ärzten", sage ich sehr bestimmt und lasse durchblicken, dass er schließlich keinerlei Ahnung von der Medizin hat.

„Du täuschst dich! Ich habe während Gittis Krankheit viele Fachberichte über Krankheiten, Behandlungen und deren Nebenwirkungen gelesen."

Und deshalb glaubt er, sich auszukennen und mich vor Medikamenten warnen zu müssen? Das ist mehr als nur anmaßend.

Stefan schaut mich an, als ob er in meinem Gesicht lesen will, inwieweit er mehr erzählen kann.

„Du weißt noch nicht alles", sagt er schließlich leise. „Ich habe Morbus Hodgkin."

Was ist das? Ein technisches Gerät, das mit Musik zu tun hat, denn Stefan hat mir von seinen vielen Lautsprechern und Musikanlagen im ganzen Haus erzählt.

„Es fing im vorigen Jahr mit einer Schwellung unter der linken Achsel an. Weil sie nicht schmerzte, habe ich sie nicht weiter beachtet. Ich habe mir auch nichts dabei gedacht, als ich immer mehr abnahm. Ich hatte sowieso keinen Appetit, weil Gitti nichts essen konnte. Außerdem freute ich mich darüber, endlich ein paar Pfunde zu verlieren."

„Du bist krank?", unterbreche ich ihn entsetzt.

Er nickt und erzählt weiter.

„Als ich Fieber bekam, ging ich zum Arzt, weil ich Angst hatte, Gitti mit irgend etwas anzustecken."

„Und der hat diese Krankheit festgestellt?"

Stefan nickt noch einmal. Ich weiß nicht, was diese Krankheit bedeutet und will es eigentlich auch nicht so genau wissen. Irgendwo hatte ich mal gelesen, dass die meisten Krankheiten durch großen Kummer oder schlimme Erlebnisse wie bei Nina entstehen. Stefans Sorge um seine Frau hat vielleicht diesen Morbus ausgelöst. Doch ich spüre, dass er darüber sprechen möchte und frage nach.

„Lymphdrüsenkrebs", ist seine knappe Antwort.

„Krebs?", rufe ich zutiefst erschrocken aus und merke, wie sich die Leute nach uns umdrehen.

„Ich wollte Gitti nicht beunruhigen und habe deshalb die Behandlung abgelehnt."

Dass er seine kranke Frau schonen wollte, kann ich gut verstehen. Andererseits hat er mit seiner Rücksicht seine eigene Heilung verzögert oder gar verhindert.

„Und jetzt? Wirst du dich jetzt behandeln lassen?"

„Ich weiß es nicht. Unbehandelt ist Morbus Hodgkin tödlich."

„Dann musst du es unbedingt tun!", rufe ich aus.

„Die Ärzte planen zuerst eine Chemotherapie und wollen danach bestrahlen. Aber ich habe bei Gitti gesehen, was eine Chemo mit dem Menschen macht. Sie konnte keine Nahrung bei sich behalten, hat stundenlang geweint und schließlich griff dieses Gift sogar ihr Herz an."

Ich habe keine Ahnung von derartigen Krankheiten und Behandlungen, aber ich halte es für leichtsinnig und sogar verantwortungslos, eine Behandlung abzulehnen.

„Weißt du, es ist weniger dramatisch als es sich vielleicht anhört, denn jede Krankheit verläuft bei jedem Menschen anders. Was der eine verträgt, ist für den nächsten kaum auszuhalten. Doch jeder muss für sich selbst entscheiden, was ihm seiner Meinung nach hilft und was nicht."

„Also solltest du dich unbedingt gründlich informieren und die für dich beste Möglichkeit wählen."

Mir fällt ein, dass Stefan direkt von der Kur nach Italien reisen will.

„Du fährst also nach Italien, ohne dich noch einmal medizinisch beraten zu lassen? Dieses Risiko würde ich an deiner Stelle nicht eingehen."

„Welches Risiko?" Stefan breitet seine Arme aus und lacht. „Mir ging es richtig dreckig, als ich Gitti beim Sterben zusehen musste. In Italien wird es mir gut gehen. Ich trinke jeden Tag mindestens einen Liter Rotwein und esse kiloweise glücklich machende Nudeln." Wieder lacht er. „Und nach dem Essen gönne ich mir einen Grappa."

Ich bezweifle, dass das der richtige Weg ist.

„Wissen deine Kinder davon?"

„Klar! Sie wünschen mir eine gute Reise."

„Du weißt, dass ich nicht Italien meine", sage ich verärgert. „Ich meine deine schlimme Krankheit."
Doch Stefan winkt ab und sagt leise: „Ich muss das machen."
Ich kann ihn gut verstehen, denn Freude ist die beste Medizin.
„Vielleicht finde ich eine neue Partnerin? Wer weiß das schon? Ich bin jedenfalls für alles offen."
So schnell? Gitti ist erst im letzten Monat gestorben. Ich habe nach der Scheidung jahrelang keinen Mann mehr in meiner Nähe ertragen, weil ich glaubte, alle Männer seien untreu. Ich hoffte sogar, dass mein Exmann unglücklich wird.
Doch der Tod ist etwas anderes als eine Trennung, weil der Tod endgültig ist. Der Partner kann nicht mehr zurück kommen. Man hat abgeschlossen und hat wie Stefan nur gute Gedanken an seine Frau und kann wohl deshalb Neues zulassen.

Stefan

Sobald ich meinen Führerschein hatte, gab es für mich nichts Schöneres als das Autofahren. Am Steuer fühlte ich mich frei wie sonst nirgends. Deshalb mochte ich meine Arbeit vom ersten Tag an, weil ich kreuz und quer durch Deutschland geschickt wurde, um eigenständig defekte Geräte zu reparieren. Ich war von meinem ersten bis zum letzten Arbeitstag gern unterwegs und fahre auch heute noch leidenschaftlich gern Auto. Man muss sich auf die Straße, auf den Verkehr konzentrieren und blendet dabei alle Sorgen und Probleme wunderbar aus.

Bella Italia! Ich mag die italienische Landschaft, die vielen Sehenswürdigkeiten, das sonnige Klima und vor allem die kilometerlangen Sandstrände. Und ich mag das Dolce Vita, das süße Leben, die Lebensart mit dem bunten Treiben auf den Straßen und die temperamentvoll ausladenden Gesten der Italiener beim Sprechen. Ich mag auch die Melodie der Sprache, die ich zum Glück halbwegs beherrsche. So kann ich mich am Abend zwischen die Einheimischen setzen und über das Essen und Trinken plaudern. Die Italiener sind gesellig und herzlich und machen alles mit Leidenschaft und Liebe.
Mein Freund wohnt in Rapallo, einer Kleinstadt an der Riviera südlich von Genua mit einer wunderschönen Altstadt, in der man beim Bummeln und in guten Lokalen die Zeit vergessen kann. Ich habe in dieser Gegend noch keinen einzigen Regentag erlebt.
Wenige Kilometer entfernt ist das winzige Örtchen Portofino, wo ich gern in einem der Fischrestaurants an der Piazzetta sitze und die vor Anker liegenden Yachten im Hafen betrachte.

Eine Stunde weiter östlich liegen die Cinque Terre, diese fünf bekannten Nachbargemeinden mit ihren bunten Häusern an einer schroffen Küste.

Mit Gitti war ich schon einmal hier, doch sie mochte weder die Felsen noch die Häuser, die wie Bausteine übereinander getürmt direkt am Wasser stehen.

Auch die steinigen Strände gefielen ihr nicht, weshalb wir fast nur mit dem Boot unterwegs waren. Sie liebte es, vom Schiff aus auf das Wasser zu schauen und hatte ihre Freude, wenn die Wellen gegen die Planken schlugen. Obwohl mir die Straßen auf festem Boden lieber sind, unternahmen wir ihr zuliebe in jedem Jahr eine Kreuzfahrt durchs Mittelmeer, nach Afrika, Asien und Amerika.

Schon früher haben wir unsere Ferien mit den Kindern immer am Meer verbracht, immer in einem guten Hotel und nie in einer Ferienwohnung. Gitti sagte immer: „In einer Ferienwohnung habe ich keinen Urlaub, sondern nur den Alltag an einen anderen Ort verlegt." Sie wollte sich drei Wochen am Stück an den gedeckten Tisch setzen, morgens, mittags und abends. Und sie wollte keine Betten machen und keine Wäsche waschen. Das habe ich verstanden.

Mein Navi schlägt mir von Bad Reichenhall nach Rapallo drei unterschiedliche Touren vor. Ich wähle die längste von fast 900 Kilometern, weil ich viel

Zeit habe und diese Strecke über Salzburg und Venedig noch nicht kenne. Bisher fuhr ich immer den direkten Weg von Frankfurt Richtung Süden durch die Schweiz. Den Bergen kann ich nichts abgewinnen, ich brauche das Wasser, das Meer.

Nach nur einer halben Stunde erreiche ich Salzburg. Dass hier Mozart lebte, ist mir bekannt, doch nicht, dass Salzburg auch für seine Biere bekannt ist. Ich halte mich nicht lange auf, obwohl es viele Sehenswürdigkeiten, Kunst und Kultur in dieser Stadt gibt. Doch was soll ich damit? Außerdem wirkt die Burg oberhalb der Stadt auf mich viel zu dominant, direkt bedrohlich. Deshalb suche ich Zuflucht im nächstbesten Lokal, genieße einen Bierbraten und fahre dann weiter auf der Autobahn Richtung Venedig.

Es geht mitten durch die Alpen. Ich mag die Berge nicht und bin entsprechend erschöpft, als ich gut fünf Stunden später in Venedig ankomme. Endlich Italien! Das werde ich jetzt auskosten. Doch zuerst will ich an den Strand und das Meer sehen. Meine Kleider lasse ich im Auto.

Das Meer! Ich schaue aufs Wasser und denke an Gitti. Sie mochte Wasser so gern wie ich und wollte bis zuletzt in jedem Jahr eine Kreuzfahrt erleben. In diesem Jahr ging das leider nicht mehr. Zwar konnten wir uns mit dem Rollstuhl auf den großen Schiffen frei bewegen, doch das Waschen und Ankleiden in den recht engen Kabinen wurde für mich immer schwieriger. Ich musste ihr diesen Wunsch schweren Herzens abschlagen und kann mir das bis heute nicht verzeihen. Warum habe ich keine Betreuerin gebucht? Ich habe genug Geld, um eine dritte Passage und die Pflege zu bezahlen. Warum habe ich nicht einfach unser Haus verkauft, das mir so allein ohnehin nichts mehr nützt? Dann hätte ich ihr jeden noch so verrückten Wunsch erfüllen können. Selbst, wenn es eine Reise zum Mond gewesen wäre.

Der Mond spielte für Gitti immer eine große Rolle und ich habe sie damit aufgezogen. Er ist 400.000 Kilometer von der Erde entfernt und mal ganz oder gar nicht zu sehen. Gitti hatte immer einen Mondkalender und früher nach solch einem Kalender ihren Alltag und unseren Garten ausgerichtet. Sie hatte direkt Ehrfurcht vor dem Mond und wusste, an welchen Mondphasen sie den Boden wischen oder zum Frisör gehen sollte.

Zuletzt hat sie das alles nicht mehr interessiert. Sie weinte viel und war nur noch ein Schatten ihrer selbst, wog kaum noch vierzig Kilogramm. Ich konnte sie umhertragen wie ein kleines Kind. Der Gedanke daran treibt mir die Tränen in die Augen.

Um nicht zu verzweifeln, konzentriere ich mich auf das Wasser und renne mitten hinein. Es ist erstaunlich warm, sicher mehr als zwanzig Grad, obwohl der Sommer längst vorbei ist.

Ich bummle durch die Stadt und schaue mich nach einem Hotel für die Nacht um. Doch mir gefällt keins. Vielleicht liegt es daran, dass ich nicht so allein in einem Hotelbett liegen möchte mit all den traurigen Gedanken an Gitti, die nicht mehr bei mir ist. Da fühle ich mich einsam und werde noch trauriger, als ich ohnehin schon bin. Ich war in meinem ganzen Leben noch nie so einsam wie jetzt.

Nach Gittis Tod ging ringsum das Leben so weiter wie immer. Nichts hatte sich verändert, als wäre nichts geschehen, als hätte ich nicht gerade das Liebste, was ich hatte, verloren. Niemals wieder werde ich jemanden wie Gitti finden. Ich ertrug mein Haus nicht mehr, der Lärm der Straße ging mir auf die Nerven, sogar meine Kinder mochte ich nicht mehr sehen. Besonders die Große, die Gitti wie aus dem Gesicht geschnitten ist und die die gleichen Bewegungen macht, bringt mich nur zum Weinen. Deshalb sorgte mein Hausarzt dafür, dass ich sofort nach der Trauerfeier zur Kur fahren konnte.

Und nun stehe ich hier in Venedig und hänge trüben Gedanken nach. Dabei bin ich auf dem Weg nach Rapallo zu meinem Freund, wo ich abschalten, mich erholen und neue Kräfte sammeln kann. Auch dort wird sich das Meer den ganzen Oktober über nicht unter zwanzig Grad abkühlen.

Ich beschließe, nach dem Essen ein wenig im Auto

zu schlafen und dann weiterzufahren.

Deshalb bin ich bereits vor sieben Uhr in Bologna. Doch die ersten Cafés für ein Frühstück öffnen erst um neun Uhr. Nur die Markthalle hat bereits geöffnet. Ich bestelle Brot, Käse und Kaffee und schaue den vielen Leuten beim Einkaufen zu. So vergeht wunderbar die Zeit.

Schließlich fahre ich weiter nach Pisa und erreiche den Strand über eine schmale geteerte Straße durch einen kleinen Wald voller Wacholder und Kiefern. Hier werde ich ein paar Stunden bleiben, schwimmen, ein wenig dösen und in einem der Lokale frischen Fisch essen.

Erst gegen Abend fahre ich weiter nach Rapallo.

*****

Das Haus meines Freundes liegt etwas abseits der Altstadt. Es hat zwei Stockwerke, bodentiefe Fenster, ein flaches Dach und ist im Landhausstil eingerichtet. Zu meinem Zimmer in der oberen Etage gehört ein kleines altmodisches Bad und ein Balkon, von dem aus ich die gesamte Stadt überblicken kann. In der riesigen Küche hat die ganze Familie Platz, die an jedem Wochenende zusammenkommt: seine im Haus lebenden alten Eltern und die zwei Kinder mit ihren Partnern und ihren Kindern. Es herrscht immer ein fröhliches Durcheinander, in dem ich mich ausgesprochen wohl fühle.

Die Küche ist von allen Räumen in der Wohnung der wichtigste. Hier gibt es die Mahlzeiten, die Basis des Lebens. Hier wird gekocht und gegessen, erzählt und gelacht. Hier mag man gern seine Zeit verbringen.

*****

Am nächsten Tag schlendere ich durch die Altstadt, die mir seltsam leer erscheint. Ich mochte es, in der Masse der Menschen und ihrem Lärm zu verschwinden. Doch jetzt fühle ich mich direkt einsam und verlassen. Vermutlich liegt diese gespenstische Leere in den Straßen an der Nachsaison.

Gegen Mittag suche ich eines der wunderbaren Gasthöfe am Hafen auf. Nicht alle Restaurants sind über Mittag geöffnet. Das Leben beginnt hier erst am späten Abend. Ich warte an der Tür, denn hier ist es üblich, dass der Kellner den Platz zuweist. Er kommt mit ausgestrecktem Arm auf mich zu und peilt mit einem Ding in der Hand meine Stirn an. Ist das etwa eine Waffe? Wie gelähmt bleibe ich stehen, denn für eine Flucht ist es zu spät.

„Grün! Sie dürfen sich setzen."

Ich verstehe nicht, wovon er spricht und schaue ihn irritiert an. Der Mann hält mir ein Gerät entgegen, das wie ein kleiner Fön aussieht und erklärt, dass es ein Fiebermesser ist, der in Restaurants, Museen und Bahnhöfen Kranke identifizieren soll.

„Ich bin nicht krank", versichere ich eilig und bin drauf und dran, diesen seltsamen Ort zu verlassen.

Der Kellner breitet seine Arme aus und zeigt auf eine komplett leere Gaststube und dann auf einen Tisch am Fenster.

„Möchten Sie beim Essen hinausschauen? Oder wollen Sie einen ruhigen Platz weiter hinten?"

Er zeigt in eine Ecke. Wenn kein Gast hier essen mag, werde ich mir lieber ein anderes Lokal suchen. Vermutlich ist der Kellner irre im Kopf oder der Koch taugt nichts.

„Bitte bleiben Sie! Wir haben noch nicht lange wieder geöffnet. Doch keine Sorge, ich habe sämtliche Tische und Stühle und alles wie im Krankenhaus geschrubbt und desinfiziert."

„Wozu?", frage ich und wende mich bereits dem Ausgang zu.

„Bitte bleiben Sie!", wiederholt der Kellner fast flehentlich. „Wir hatten wochenlang Quarantäne. Wussten Sie das nicht?" Er zeigt auf den Tisch am Fenster. „Hier sitzt man gut."

Quarantäne? Das deutet darauf hin, dass hier mit der Hygiene etwas nicht stimmt. Ich bin zwar nicht empfindlich, doch ich muss mein Schicksal auch nicht herausfordern.

Der Mann zieht einen Stuhl hervor und reicht mir die Speisekarte. Unschlüssig blättere ich darin. Es gibt nur drei Gerichte. Das spricht für eine frische Küche und ist mir sympathischer als unzählige Speisen auf zwanzig Seiten. Kaum sitze ich, steht ein Grappa vor mir, ein halbes Wasserglas voll.

„Auf Ihre Gesundheit!", prostet der Mann mir zu. „Einige Stammkunden habe ich seit Wochen nicht gesehen. Ich weiß nicht, ob sie Angst haben oder tot sind. Die grauenvollen Berichte im Fernsehen über Leute an Beatmungsgeräten und die täglichen Todeszahlen haben die Leute traumatisiert und direkt zerstört."

Jetzt wird mir klar, wovon er spricht. Es geht um ein Virus, das besonders in Italien katastrophal gewütet haben soll. Doch all das ist an mir unbemerkt vorbei gegangen. Ich war mit Gitti, den erdrückenden Sorgen um sie und meiner Trauer beschäftigt. Ich erzähle, dass ich mich seit einem halben Jahr nur um meine kranke Frau gekümmert habe und die Außenwelt kaum wahrnahm.

„Nichts ist mehr wie früher!", klagt der Mann. „Weder für Sie noch für mich."

„Du bist Deutscher?", spricht mich eine Frau an. Ich weiß nicht, woran sie das gemerkt hat, da ich mit dem Kellner italienisch sprach. Sie wirkt auf mich wie eine Zigeunerin in ihrer seltsamen Kleidung. Über einer bunten Patchwork-Jogginghose trägt sie einen langen türkisfarbenen Kimono mit weißen und blauen Blümchen darauf, der wie ein

Bademantel geschnitten ist und fast bis zum Boden reicht. Die Frau ist recht klein, hat dunkle, wirr zur Seite stehende Haare, eine markante Nase und braun-grüne Augen. Ihr Alter ist schwer zu schätzen, sie kann dreißig Jahre jung sein oder bereits fünfzig.

„Darf ich mich zu dir setzen?"

Ohne meine Antwort abzuwarten, zieht sie einen Stuhl unter dem Tisch hervor und setzt sich darauf.

„Weißt du, ich kann ganz schlecht allein sein", erklärt sie. „Und hier ist es so schrecklich leer."

Auch ich bin nicht gern allein und suche mir schnell Unterhaltung. Gitti mochte es nicht, wenn ich unterwegs die Leute ansprach und mit den Kellnern plauderte. Aber nur so lernt man Menschen kennen, was immer spannend und meist recht lustig ist.

Auf diese Art habe ich auch meinen Freund kennengelernt, bei dem ich zur Zeit wohne. Er ist Halbitaliener und lebt seit seiner Geburt hier in Rapallo. Ich traf ihn in Frankfurt, als er ein Lokal suchte, und empfahl ihm das Medici. Doch er wollte nicht italienisch, sondern typisch deutsch essen. Also begleitete ich ihn in den Römer, einem ganz traditionellen Lokal, wo er Rippchen mit Sauerkraut oder Handkäs mit Musik essen, Äbblwoi oder ein gutes Bier trinken kann. Wir waren uns sofort sympathisch und haben uns seitdem hin und wieder getroffen.

„Ich bin die Jasmin."

„Stefan", stelle ich mich vor.

„Was bedeutet das?"

„Was bedeutet was?", frage ich zurück.

„Dein Name? Was bedeutet er?"

Was soll er schon bedeuten? So heiße ich eben.

„Du weißt es nicht?", fragt Jasmin enttäuscht. „Ich bin das Sinnbild der Liebe."

Sie blinzelt mir verschwörerisch zu. Was soll das werden? Eine Anmache? Braucht die Frau Geld? Oder hat sie Hunger?

„Darf ich dich zum Essen einladen?", frage ich.

„Gern", stimmt sie sofort zu und zeigt auf meinen Teller, der gerade vor mich hingestellt wird. „Ich nehme das Gleiche und Weißwein."

Sie beugt sich zu mir und fragt: „Was sagst du dazu?"

„Wozu?"

Dass sie dasselbe Gericht essen will wie ich?

„Dummerchen!"

Jetzt muss ich lachen, weil mich die viel jüngere Frau Dummerchen nennt, als wäre ich ein kleines Kind.

„Ich rede von meinem Namen. Jasmin. Den habe ich mir selbst ausgesucht, weil er für Schönheit, Reinheit und Ordnung steht."

Triumphierend schaut sie mich an. In der Regel suchen die Eltern den Vornamen für ihr Kind aus und zwar direkt nach der Geburt, wenn noch keiner den Charakter des Kindes kennt. Ich sage ihr das.

„Ach, die!", brummt sie und macht eine wegwerfende Handbewegung.

Also ist sie wohl kaum dreißig Jahre alt und hat Ärger mit ihren Eltern.

„Woher kommst du?", frage ich.

Für eine Italienerin halte ich sie nicht, schon allein wegen der seltsamen Kleidung. Eher für eine Deutsche, die zu früh daheim ausgezogen oder einfach davongelaufen ist und sich jetzt im sonnigen Süden herumtreibt.

„Ach, das ist eine lange Geschichte", weicht sie aus. „Vielleicht erzähle ich sie dir später. Jetzt will ich erst einmal essen, denn ich bin hungrig wie ein Wolf."

Trotz ihres Hungers stürzt sie sich nicht gierig über das Essen, sondern isst kultiviert zurückhaltend. Überhaupt macht sie einen gebildeten Eindruck auf mich, was irgendwie überhaupt nicht zu ihrer seltsam zusammengewürfelten Kleidung passt.

„Ich komme gerade aus Portofino und will dann an der Küste entlang weiterwandern bis zu den fünf Dörfern."

„Wandern? Zum Laufen ist es viel zu weit! Mit dem Auto brauchst du eine gute Stunde."

Jasmin lacht.

„Ich habe gar kein Auto."

„Aber ich! Ich kann dich hinbringen."

Wieder lacht Jasmin.

„Ich habe kein Auto, weil ich keins brauche. Außerdem laufe ich gern."

„Hier an der Steilküste?", frage ich entsetzt.

Ich steige nicht einmal hinauf in die Weinberge und schon gar nicht darüber hinaus. Das ist mir viel zu anstrengend und bringt auch nichts.

„Von oben auf die Welt hinunterzuschauen ist wunderschön!", ruft sie begeistert aus und klatscht in die Hände.

Das gefällt mir auch, doch zu den bekannten Aussichtspunkten kann ich leicht mit dem Auto fahren und muss mich dabei nicht plagen. Nein, wandern ist nie etwas für mich gewesen. Ich sitze am liebsten in einem Strandlokal, beobachte die Leute und unterhalte mich mit ihnen. Dabei lerne ich so seltsame Typen wie diese Jasmin kennen.

„Machst du hier Urlaub?"

„Ich lerne die Menschen kennen", sagt sie so ernst, als beschreibe sie einen Beruf.

Amüsiert frage ich nach, wie sie das meint.

„Ich habe in Genua Sprache und Philosophie studiert, doch das war mir alles zu theoretisch. Verstehst du?"

Ich nicke, obwohl ich nicht weiß, worauf sie hinaus will.

„Philosophen denken über Begriffe wie Freundschaft, Glück und über das Denken nach. Sie denken. Sie denken immerzu und halten allein das

115

Denken für wichtig. Ich aber möchte echte Menschen treffen, Freundschaften schließen. Ich will nicht über Glück reden, sondern glücklich *sein*, Wörter benutzen und nicht nur deren Sinn auseinandernehmen."

Das scheint mir ein recht interessanter Gedankengang zu sein: nicht über das Glück nachzudenken, sondern glücklich *sein*.

„Glück musst du in dem finden, was du *tust*."

Das gefällt mir. Doch mir ist nicht klar, wovon sie lebt.

„Ich lebe vom Wandern."

Etwas ungläubig schaue ich sie an.

„Unterwegs lerne ich Leute kennen, in manchen Orten bleibe ich ein paar Stunden oder Tage oder auch Wochen, arbeite in Bars oder auf dem Feld, was eben so nötig ist. Dafür bekomme ich Essen und ein Dach über dem Kopf und manchmal auch etwas Geld."

Für mich wäre das nichts. Ich habe die Sicherheit in meiner Firma schon als junger Mann sehr geschätzt. Meine Arbeit wurde gut bezahlt, ich hatte dreißig Tage Urlaub, ein Firmenfahrzeug und viel Abwechslung, weil ich in ganz Deutschland unterwegs war. Außerdem musste ich für meine Familie sorgen. Immerhin habe ich drei Kinder.

„Hast du Kinder?"

„Bewahre!" Jasmin hebt regelrecht entrüstet ihre Hände. „In diese Welt setze ich keine Kinder."

Was ist das für ein alberner Spruch? Kinder in die Welt *setzen* klingt, als ob man ein Kind wie einen Kürbis in die Erde setzt, am besten in die Nähe eines Komposthaufens. Verärgert rufe ich nach der Rechnung, weil die Unterhaltung in eine Richtung driftet, die mir nicht behagt. Ich habe nichts gegen das einfache Leben, doch das abwertende Gerede über unsere heutige Überflussgesellschaft kann ich nicht nachvollziehen. Für einen gewissen Wohlstand muss man hart arbeiten. Und genau das wollen offenbar Leute wie Jasmin nicht und sind noch stolz darauf.

Jasmin bemerkt meine Verstimmung und ergreift meine Hand.

„Ich mag Kinder, doch in meine aktuelle Lebenssituation passen sie einfach nicht."

„Natürlich nicht!", gebe ich unfreundlich zurück.

Ein Kind braucht ein sicheres Zuhause, Geborgenheit in einem geregelten Alltag und zuverlässige Eltern. Mit ihren Eltern scheint sie ein Problem zu haben, falls ich ihre Reaktion vorhin richtig deutete.

„Ich habe keinen Plan wie ein Deutscher", schnauft Jasmin direkt verächtlich.

Ist sie keine Deutsche? Sie spricht völlig akzentfrei, was ungewöhnlich für eine Italienerin ist. Noch weniger passt ihre nachlässige Kleidung zu einer Italienerin.

„Ich will einfach nur leben und nichts tun, was ich nicht will. Wenn mir das, was ich gerade mache, nicht mehr gefällt, gehe ich weiter und suche mir etwas anderes."

Genauso habe ich mir ihr Leben vorgestellt. Ohne Verantwortung herumziehen, mal hier, mal da und eigentlich nirgendwo zu sein. Mir fällt ein, dass sie sich ihren Namen Jasmin nur ausgedacht hat. Wer weiß, was sie sonst noch alles verschweigt. Mir soll es gleichgültig sein. Ich kenne sie nicht und werde sie nicht weiter kennenlernen.

Doch eine Frage interessiert mich: "Wanderst du auch bei Schnee und Kälte durchs Land oder gehst du dann nach Hause?"

Sie lacht, doch ich sehe, wie ihre Mundwinkel zucken und sich ihre Augen mit Tränen füllen.

"Ich kann nicht nach Hause."

Das dachte ich mir. Ich will nicht, dass sie jetzt weint. Weil ich nicht weiß, was ich sagen soll, gieße ich Wein in ihr Glas und zeige auf ihren Teller.

"Schmeckt's nicht?"

"Ich esse langsam, um ganz bewusst jeden Bissen zu genießen. Außerdem kann ich nicht gleichzeitig reden und kauen."

"Das ist meine Schuld – tut mir leid", sage ich zerknirscht.

"Oh nein! Ich muss ja nicht reden, ich *will* reden. Nur im Dialog kann man etwas lernen."

Doch sie sagt nichts mehr, sondern konzentriert sich auf ihren Teller. Mir fällt auf, dass sie konsequent von rechts nach links isst, ohne die Teile zu

sortieren wie Gitti, die zuerst die Stücke heraus-
pickte, die sie am wenigsten mochte. Am besten
schmeckten ihr Tintenfischringe. Die hob sie sich
immer bis zum Schluss auf, um sie als krönenden
Abschluss zu genießen.

Kaum hat Jasmin den letzten Bissen im Mund,
spült sie mit dem Rest Wein nach und ruft: „Jetzt
gehen wir an den Strand!" Sie packt meine Hand
und zieht mich zur Tür hinaus.

Mich amüsiert diese seltsame Frau, die abwechselnd schallend lacht oder fast in Tränen ausbricht,
isst oder spricht. In ihrem Gesicht kann ich lesen
wie in einem Buch, so deutlich sind ihre Gefühle in
ihrer Mimik zu erkennen.

Der Strand ist menschenleer. Es stehen nur wenige Liegestühle herum, immer zwei in einem Abstand von etwa sechs Metern. Das wundert mich,
doch jetzt ist Nachsaison und ohnehin kaum Bade-
gäste zu sehen. Den Einheimischen ist das Wasser Ende September einfach zu kalt und auch Touristen sind rar.

Jasmin geht zu keinem der Liegestühle, sondern
ergreift meinen Arm und dirigiert mich am Felsen
vorbei in eine menschenleere Bucht, die ich bisher
noch nie entdeckt hatte. Vielleicht liegen hier im
Sommer die Einheimischen, wenn der Strand voller Touristen ist. Ich habe mir nie die Mühe gemacht, einen geheimen Platz zu suchen. Ich bin

lieber mittendrin im Gewühl, wo alle sind, wo ich die meisten Leute treffe. Außerdem gefällt mir der kleine Sandstrand von Rapallo mit Blick auf die Gebäude der Stadt mit ihren Bars und Restaurants besser als die recht harten Kiesel und Steine hier in dieser Bucht.

Noch im Laufen zieht Jasmin alle ihre Kleider aus, lässt sie einfach auf den Kies fallen und steht splitternackt vor mir. Sie hat einen wunderschönen üppigen Körper. Doch ich schaue mich verstohlen um, denn Nacktbaden ist in ganz Italien verboten. Es gibt nur ganz wenige FKK-Strände, die sehr versteckt liegen und nie in unmittelbarer Ortsnähe wie hier.

„Komm!", lockt sie und zeigt auf das Wasser. „Zuerst schwimmen wir."

Was meint sie mit zuerst? Was machen wir dann? Etwas unsicher knöpfe ich Hemd und Hose auf und überlege, ob es albern wirkt, wenn ich meine Badehose anbehalte. Andererseits muss ich mit einer Geldstrafe rechnen, wenn ich nackt erwischt werde. Wieder schaue ich mich um. Und da weit und breit kein Mensch zu sehen ist, lege ich meine Hose schließlich zu den anderen Sachen auf die Steine und folge Jasmin, die bereits weit hinaus geschwommen ist.

Das Meer ist wunderbar sauber und angenehm warm. Allerdings muss man sofort schwimmen, weil die Küste nicht so flach ist wie am Sandstrand.

Ich schließe die Augen und lasse mich auf dem Rücken liegend treiben. Es ist einfach wundervoll, so schwerelos zu sein.

Plötzlich berührt mich etwas am Bauch und gleichzeitig am nackten Hintern. Ein Fisch ist es nicht. Es sind Jasmins Hände, die mich sanft umfassen. Sie rutscht auf mich und reibt ihre Brüste an meinem Körper. Sofort spüre ich Lust in mir aufsteigen und weiß im gleichen Moment, dass ich jetzt und auf der Stelle in diesen Frauenkörper eindringen muss. Das ist nicht so einfach im Wasser, doch Jasmin ist klein und hilft mit, die richtige Stellung zu finden. Seit mehr als zehn Monaten hatte ich keinen Sex und jetzt explodiere ich von einer Sekunde auf die nächste mitten im Meer. Ich achte nicht auf das Wasser, nicht einmal auf Jasmin. Ich bin nur bitter enttäuscht, dass es so schnell vorbei ist.

Doch Jasmin umfasst meinen Kopf und küsst mich. Sofort nehme ich sie auf meine Arme und trage sie zum Strand, wo ich sie auf meine Kleider lege und fest umarme. Dieses Mal kann ich das Zusammensein viel mehr genießen und möchte gar nicht mehr aufhören, diesen wunderbar weichen Körper zu liebkosen, der sich mir so willig anbietet.

„Ich danke dir", seufze ich erschöpft.

Jasmin lächelt und küsst sanft meine Augen.

Erst jetzt fällt mir ein, dass Sex am Strand streng verboten ist und empfindlich bestraft wird mit hohen Strafgebühren oder gar Haft. Nach einem prüfendem Blick in alle Richtungen breite ich Jasmins langen Mantel über uns aus und bedecke unsere nackten Körper, während sie sich kichernd an mich schmiegt.

*****

Seit Tagen suche ich nach ihr und kann sie nicht finden; weder in der Stadt noch in unserer kleinen Bucht neben dem Sandstrand. Ich bin sogar jeden Tag zu den fünf Dörfern gefahren, wohin sie wandern wollte, und habe überall nach Jasmin gefragt. Doch keiner scheint sie zu kennen. Jedenfalls nicht unter diesem Namen.

Ihren wirklichen Namen hat sie mir verschwiegen, ebenso ihr Alter.

Sie sagte: „Das Alter spielt keine Rolle. Manche sind schon mit dreißig welk, andere mit sechzig noch straff. Allein der Geist zählt."

Immer, wenn ich meine Augen schließe, sehe ich ihr Gesicht vor mir, ihr Lächeln und ihre blitzenden Augen. Solch eine Augenfarbe hatte ich noch nie zuvor gesehen, sie waren nicht braun und auch nicht grün, eher eine Mischung. Am Abend wirkten sie braun und hatten grüne Sprenkel, am Tag waren sie eher grün mit einem hellbraunen Rand. Ihr intensiver und sehr aufmerksamer Blick irritierte mich oft derart, dass ich kaum mehr wusste, was ich sagen wollte. Und dann diese heiße Umarmung auf den Steinen am Strand! Ich kann an nichts anderes mehr denken und möchte Jasmin unbedingt finden. Mir ist es gleichgültig, dass sie mir ihren richtigen Namen und auch nicht ihr Alter verraten wollte. Doch sie sagte, dass sie mir ihre Geschichte vielleicht später erzählt. Vielleicht.

Sona

Jasmin ist nicht mein richtiger Name. Ihn habe ich mir ausgesucht, weil er hübsch klingt und eine wunderschöne Bedeutung hat. Er bedeutet Sinnbild der Liebe und steht für Schönheit, Reinheit und Ordnung. Deshalb passt er einfach besser zu mir als Sona, was wilde Ente und gleichzeitig Liebling bedeutet.
Ich will keine wilde Ente sein, jemandes Liebling schon eher. Doch die Liebe hält nicht ewig. Mein Freund in meiner armenischen Heimat nannte mich Kyankes (mein Leben), doch sobald ich in einer anderen Stadt studierte, wollte er mich nicht mehr in seinem Leben haben. Das Wort Liebling zeugt von solch einer tiefen Zuneigung, zu der wohl nur Eltern fähig sind. Denn die Liebe der Eltern ist einzigartig und etwas wirklich Besonderes. Deshalb nannte mich Vater Sirelis (Liebling auf Armenisch), Mama meist Kotjenka (russisch für Kätzchen). Manchmal bin ich wirklich verschmust

wie eine Katze, mag die Gesellschaft mit Freunden und der Familie, doch eigentlich bin ich ganz gern allein.

Der Name Sona ist weder in Deutschland noch in Italien bekannt, weshalb ich ständig gefragt werde, woher der Name kommt, woher *ich* komme, was ich hier mache und vieles mehr. Ich will das alles nicht. Ich will so akzeptiert werden, wie ich bin. Deshalb nenne ich mich meist Sonja oder Jasmin. Das schlucken die Leuten kommentarlos.

Ich stamme aus Armenien, fühle mich aber nirgends wirklich zu Hause. Das liegt wohl an meiner verworrenen Familiengeschichte, die ich nicht ganz verstehe. Mutter spricht kaum darüber, weshalb ich mir die spärlichen Informationen selbst irgendwie zusammenfügen musste.

*****

Meine Ur-Oma war Armenierin und lebte in Jerewan. Stalin ließ 1944 ihren Mann erschießen, weil er Deutscher war. Sie wurde mit ihren zwei kleinen Kindern mit tausenden Armeniern zwangsumgesiedelt, verschleppt. Jede Familie durfte nur kleinere Gebrauchsgegenstände sowie ein paar Lebensmittel mitnehmen. Man sperrte sie in einen Zug, in dem sie auf äußerst unbequeme Weise wochenlang Richtung Osten zuckelten. Während der Fahrt verhungerte ihr Sohn, der noch ein Säugling war. Zuerst hatte sie das tote Kind unter ihren Kleidern verborgen, doch bald wurde es von Mitreisenden entdeckt, die den kleinen Leichnam einfach neben die Gleise legten.

Nach endlos vielen Wochen landeten die überlebenden Umsiedler völlig ausgehungert und halb erfroren in Sibirien, mehr als fünftausend Kilometer von der Heimat entfernt. Dort hauste die Ur-Oma mit ihrer Tochter zusammengepfercht mit anderen Deportierten in Baracken hinter Stacheldraht. Als fast unerträglich wurde vor allem die ungewohnte sibirische Kälte empfunden. Es gab keine Decken, nicht genug warme Kleidung und schon gar nicht ausreichend zu essen. Erst 1958 wurde ihnen die Rückkehr in ihre Heimat erlaubt.

Die Ur-Oma beantragte noch am gleichen Tag die nötigen Papiere. Doch ihre Tochter wollte sie nicht in die alte Heimat begleiten, an die sie keine Erinnerung hatte und deren Sprache sie nicht verstand. Sie sprach nur Russisch. Obwohl die Tochter erst achtzehn Jahre alt war, hatte sie bereits zwei kleine Kinder von einem der russischen Waldarbeiter aus dem Lager. Dieser Mann wollte nach seiner Entlassung in seine eigene Heimat zurückkehren, wo seine Eltern in einer Großstadt im Uralvorland, lebten. Es dauerte viele Wochen, bevor sie alle Papiere und Genehmigungen beisammen hatten und sie endlich mit ihrem wenigen Habseligkeiten reisen durften – die Ur-Oma nach Jerewan und ihre Tochter mit Mann und Kindern ins russische Perm, mehr als tausend Kilometer nördlich von Moskau.

Omas Schwiegereltern bewohnten ganz allein eine Dreiraumwohnung und hätten für russische Verhältnisse ungewöhnlich viel Platz für die junge Familie gehabt. Doch sie duldeten keine Schwarze, wie Kaukasier wegen ihrer dunklen Haare und Augen abfällig genannt wurden, in ihrer Nähe. Sie zwangen Oma, mit ihren beiden Kindern ein winziges Zimmer in einer Kommunalka zu mieten. Meine Mutter schlief mit ihrem älteren Bruder in einem Bett und ihre Mutter auf dem Diwan. Küche und Toilette nutzten sie gemeinsam mit anderen Familien, die in jeweils einem Zimmer der gleichen Kommunalka untergebracht waren. Mutter erinnert sich an einen ständig betrunkenen und schimpfenden alten Mann und an eine dicke Nachbarin, die auf sie aufpasste, wenn die Oma arbeiten ging. Die hatte eine der begehrten Stellen in einer Essenausgabe eines Betriebes ergattert, so dass sie leicht Lebensmittel abzweigen und mit nach Hause bringen konnte und sie nicht wie so viele andere hungern und täglich Schlangestehen mussten.

Ihr Mann besuchte sie, wenn er Geld oder Selbstgebrannten brauchte. Wenn kein Schnaps da war, weil es wieder keine Hefe gab, zerschlug er die Möbel und das Geschirr oder prügelte auf seine

Frau und die Kinder ein. Als mein Onkel zwölf Jahre alt war, wurde er bei einer Schlägerei gefasst und zu acht Jahren Lager verurteilt. Mit Raufbolden und Randalierern verfuhr man hart, weil sie die öffentliche Ordnung störten. Mutter hat ihren Bruder nie wiedergesehen und weiß auch nicht, ob Oma ihn im Lager besuchte oder nur Päckchen schickte.

Die Oma heiratete kurz darauf einen Russen und zog mit ihm nach Moskau, wo sie bei Bekannten unterkamen. Auch der Russe trank. Er trank ohne aufzuhören. Dann fing er an zu toben oder fiel einfach auf den Rücken und schlief. Er verließ sie, als sie schwanger wurde. Hochschwanger musste sie die Wohnung der Bekannten verlassen und fand mit ihrer Tochter Unterschlupf bei einer Freundin.

Russen helfen einander nicht unbedingt aus reiner Freundschaft, sondern eher aus der Not heraus. Jeder kann sehr schnell ohne eigene Schuld in eine schwierige Situation geraten, denn jeder weiß, dass die Sowjetmacht die Macht des Bösen ist. Sie vernichtet die Menschen. Das muss keiner laut sagen, weil nahezu jede Familie gezeichnet ist.

Meine Mutter bekam also eine kleine Schwester, um die sie sich nach der Schule kümmern musste, während ihre Mutter arbeitete.

Zum siebzehnten Geburtstag schenkte irgendwer

meiner Mutter eine Fahrkarte nach Jerewan. Sie sollte allein mit dem Zug zu ihrer Oma nach Armenien reisen.

Die Fahrt dauerte zwei Tage, sie musste mehrmals umsteigen, durchquerte zum Schluss Georgien und landete schließlich in Jerewan bei ihrer Oma. Die Oma war ihr fremd, auch die vielen anderen Verwandten. Noch fremder war ihr die armenische Sprache, sie verstand kein einziges Wort und konnte die seltsame Schrift nicht lesen. Auch sprach man die Leute nicht mit Vor- und Vatersnamen an, wie sie es bisher gewohnt war, sondern setzte je nach Beziehung zu ihnen eine Silbe vor oder nach den Vornamen.

Doch man ließ Mutter keine Zeit zum Eingewöhnen, sondern brachte sie mit dem Auto weiter in den Süden des Landes. Das Dorf lag in der Nähe der türkischen und iranischen Grenze. Nur zwei Tage später wurde Mutter als Frau eines ihr unbekannten Mannes registriert. Sie verstand kein Wort der kurzen Rede des Beamten, was offenbar nicht nötig war, wenn der andere Partner armenisch spricht. Dieser Mann wurde mein Vater.

*****

Meine Geburt fiel genau auf den Tag (21.09.1991), an dem Armenien die Unabhängigkeit wiedererlangte. Dieses Mal von der ehemaligen Sowjetunion, was das gesamte Dorf ausgiebig feierte. Armenier feiern gern, am liebsten mit der ganzen Großfamilie und vielen Freunden. Dabei wird reichlich gegessen und Wein getrunken, die Männer genießen außerdem gern Ararat (Weinbrand).

An meine angenehme Kindheit erinnere ich mich sehr gern, weil neben den Eltern und Großeltern sämtliche Verwandte und deren Freunde den Kindern alle Launen erfüllen. Im Gegenzug werden die Älteren mit viel Respekt behandelt.

Der Schulunterricht fand in armenischer Sprache statt. Als erste Fremdsprache wählte ich Russisch, weil ich fast zur Hälfte Russin bin. Außerdem gibt es viele Verbindungen zu Russland, weshalb mir die Sprache eines Tages nützlich sein kann. Zusätzlich wählte ich Deutsch, weil mein Urgroßvater Deutscher war und mich die deutsche Kultur fasziniert, vor allem Musik und Literatur.

Schon kleine Kinder erfahren, dass Armenien das Mutterland der ältesten europäischen Musik ist. Ich tanzte deshalb schon früh in einer Folkloregruppe. Ich liebe das Tanzen, weil man dabei wie mit Worten seine Gefühle ausdrücken kann. Dort lernte ich später meinen Freund Arman kennen. Doch als ich in Jerewan studierte, rief mich eine Freundin an und sagte, dass Arman ein Mädchen aus dem Dorf geheiratet hat. Ich fühlte mich nicht nur von meinem Freund abgewiesen, sondern von meinem gesamten Heimatdorf und war derart verletzt, dass ich sofort ein Visum für ein Studium in Deutschland beantragte.

So kam ich 2015 nach Frankfurt am Main und war von Anfang an begeistert von all den vielen neuen Möglichkeiten, die sich mir boten. Ich begann ein Kunst- und Sprachstudium in Lüneburg, das ich nach dem ersten Studienjahr in Genua fortsetzte. Sprache ist mir sehr wichtig, denn ich möchte immer genau das sagen und ausdrücken können, was ich denke und fühle. Nach Armenien will ich nicht mehr zurück, weil es schon wieder Krieg mit den Nachbarn Aserbaidschan gibt.

Außerdem bin ich fast dreißig Jahre alt und gelte in meiner Heimat seit nahezu zehn Jahren als alte Jungfer. In Armenien lebt man bis zur Heirat bei den Eltern und geht natürlich als Jungfrau in die Ehe. Doch ich bin schon lange keine Jungfrau mehr.

*****

Dieser Deutsche, ich glaube, er heißt Stefan, rührte mich. Er hatte so traurige Augen, sogar, wenn er lächelte. Ich wollte gut zu ihm sein, ihn trösten, wobei ich noch niemals jemanden auf diese Art getröstet habe.

Ich mag die Deutschen, weil man sich auf sie verlassen kann. Sie halten sich an Regeln und sorgen für Ordnung. Ihr Essen ist erheblich vielfältiger als gedacht. Ich fand mich schnell zurecht und hatte eine ganze Reihe nette Freunde. Mich wundert nur, dass die Kirchen so leer sind. Sie wirken eher wie Baudenkmäler als Gotteshäuser.

Das ist hier in Italien ganz anders. Italiener sind gläubiger als die Deutschen und achten ihre Familien ähnlich wie wir Armenier. Und sie sind sehr stilbewusst, weshalb nicht nur die Frauen, sondern auch die Männer immer perfekt gekleidet vor die Tür gehen. Das gefällt mir sehr.

Italiener sind ebensolche Machos wie Armenier, doch viel weicher und vor allem sehr charmant. Sie lieben die Frauen. Wahrscheinlich fühle ich mich deshalb so wohl in Italien.

Jetzt im Herbst schließen viele Strandhotels, weil seit dem Ende der Sommerferien und wegen der Corona-Reisebeschränkungen kaum noch Gäste bleiben. Trotzdem habe ich Glück und finde in einem kleinen Hotel eine Stelle im Hausservice, weil die schwangere Putzfrau nicht mehr zur Arbeit kam. Es sind nicht alle Zimmer besetzt und ich habe wenig zu tun, obwohl ich quasi Mädchen für alles bin: Putzen, Tischdecken, Telefon und am Abend Gäste bedienen.

Außer der alten Chefin gibt es nur noch zwei Angestellte im Haus: die Köchin und der Kellner Angelo. Angelo ist jung, schön und nur wenig größer als ich.

Er überschüttet mich sofort mit überschwänglichen Komplimenten: „Sie haben so wunderschöne und ungewöhnliche Augen!", schwärmt er. „Und ich bin ganz vernarrt in Ihre tiefschwarzen Haare."

Weil ich derartige Komplimente von den Italienern gewöhnt bin, habe ich gelernt, mich genauso arrogant zu geben wie die Italienerinnen, um mir zudringliche Männer vom Leib zu halten. Das Flirten ist für einen Italiener so natürlich ist wie Atmen, Essen und Gehen. Zwar ist es angenehm, so umgarnt und hofiert zu werden, doch man darf diese Schwärmerei nicht wirklich ernst nehmen.

„Ich werde dich jeden Tag beschützen und nicht von deiner Seite weichen", erklärt Angelo, indem er ungefragt zum vertraulichen Du übergeht. „Wenn du willst, beschütze ich dich auch in der Nacht."

Angelo schläft nicht wie ich hier im Hotel, er wohnt noch bei seiner Mutter. Auch in Armenien lebt man bis zur Hochzeit bei den Eltern. Bei uns daheim zieht die Braut nach der Hochzeit zu den Schwiegereltern und erledigt deren gesamte Hausarbeit. Das ist hier in Italien nicht so.

Jeden Tag schenkt mir Angelo eine Kleinigkeit: mal ist es eine Blume, mal ein kleiner, bemalter Stein, mal eine Schokolade, mal ein Gedicht. Und immer zeigt er sich hingerissen von meinen braun-grünen Augen, schwarzen Haaren und meinem zierlichen Körper, der meiner Meinung nach gar nicht so zierlich ist.

Italiener stehen auf schöne Kleider, doch ich habe kein einziges. Dabei kenne ich den Spruch, dass sich Italienerinnen sogar zum Brötchenholen eleganter kleiden als anderswo Leute für die Oper. Ich dagegen besitze nur einige Shirts und zwei Hosen. Nichts davon ist geeignet, einem Italiener zu gefallen. Hier im Hotel fällt das nicht auf, weil ich zur Arbeit eine Uniform trage. Und nach der Arbeit ist es zu spät, um noch auszugehen. Außerdem bin ich von der Arbeit müde und möchte sofort in mein Bett. Angelo auch.

*****

Angelo hat dunkle Locken und dunkle Augen, einen weichen Kussmund und streichelzarte Hände. Er ist ein wunderbar feinfühliger Mann mit guten Manieren, der mich mit Komplimenten überhäuft und mit seinem charmanten Witz amüsiert. Bereits am dritten Abend begleitet er mich hinauf in mein Zimmer. So sehr ich mich auch bemühe, ich kann ihm einfach nicht widerstehen und will es auch gar nicht.

Seit unserer ersten Nacht spricht er von einer großen italienischen Hochzeit und vielen Bambini. Mir geht das zwar alles viel zu schnell, doch ich bin nicht abgeneigt. In Armenien darf ein Mann das Mädchen, das ihm gefällt, entführen, weshalb sie ihn dann heiraten muss, um ihrer Familie keinen Schmach zu bereiten. Auch dann, wenn sie ihn gar nicht mag.

Doch ich mag Angelo, sehr sogar. Ich habe mich Hals über Kopf in ihn verliebt und möchte mit ihm eine Familie gründen. Für mich wird es Zeit. Heiraten kann ich auch mit Vierzig oder Fünfzig, doch Kinder kann ich dann keine mehr haben. Jetzt ist der richtige Zeitpunkt und ich willige ein. Er trinkt nicht und er schlägt mich nicht und wird ein guter Vater und Ehemann sein. Natürlich weiß ich, dass er weiterhin allen Frauen Komplimente machen wird, doch ich bin nicht eifersüchtig und weiß, wie wichtig den Italienern ihre Familie ist.

Sorgen bereitet mir nur meine Aussteuer, denn ich besitze weder Kleider noch Möbel oder Geld. Angelo scheint das nicht zu stören. Er will mich am Freitag seiner Mutter vorstellen.

„Du hast keine Chance!", behauptet die Köchin.

„Wieso?", frage ich irritiert. „Glaubst du, Angelo liebt mich nicht?"

Die Köchin lacht.

„Er wird dich schon lieben, doch das spielt keine Rolle."

Sie erklärt mir, dass italienische Männer ihre Mütter in allem befragen und sich ihrem Rat fügen - auch, wenn es um die Beziehung zu einer Frau geht.

„Aber Angelo sagt, dass wir nicht bei seiner Mutter, sondern in einer eigenen Wohnung leben werden."

„Du verstehst nicht! Du hättest zu seiner Mutter eine Beziehung aufbauen müssen und sie für dich einnehmen."

Ich habe Angelo für mich eingenommen, was viel wichtiger ist. Eine Beziehung kann ich zu seiner Mutter immer noch aufbauen.

„Ich lerne sie übermorgen kennen. Sie wird wollen, dass Angelo glücklich ist."

Wieder lacht die Köchin und schüttelt ihren Kopf.

„Du verstehst wirklich nicht! Ab Montag hat das Hotel geschlossen. Sie wird dich nicht so schnell aufnehmen, auf gar keinen Fall!"

Das werden wir ja sehen! Ich vertraue Angelo. Wir sind verlobt und er will nicht, dass ich am Montag abreise. Ich soll bei ihm bleiben, mit ihm leben und unsere Kinder großziehen.

*****

Freitag. Heute ist der Tag, an dem ich mit Angelos Mutter über die Hochzeit sprechen werde. Mein Italienisch ist tadellos, ich habe einwandfreie Umgangsformen und sehe jünger aus als dreißig. Ich habe mir extra ein tailliertes rotes Kleid und dazu passende flache Schuhe gekauft. Nun sehe ich aus wie die meisten Italienerinnen. Doch ich werde ihr erklären, dass ich als Armenierin dazu erzogen wurde, den Haushalt meines Mannes und den der Schwiegereltern allein zu bewältigen. Das wird Angelos Mutter freuen.

Leider verspätet sich Angelo, weshalb ich von Minute zu Minute unruhiger werde. Wir haben nicht viel Zeit für das Gespräch, denn wir müssen pünktlich am Abend zurück im Lokal sein. Die Chefin erwartet viele Freunde des Hauses für das geplante große Abschiedsfest. Seit gut einer Stunde stehe ich draußen vor dem Hotel und schaue die Straße hinauf und hinunter, aber ich kann meinen Freund nirgendwo entdecken. Am liebsten würde ich ihm entgegenlaufen, doch ich kenne seine Adresse nicht. Wo bleibt er nur? Vermutlich hat er einen Freund getroffen und bei einem Glas Wein oder einem Kaffee die Zeit vergessen.

Endlich steht er vor mir, nimmt meine Hände in seine und schaut mich zerknirscht an.

„Du hast dich verspätet!", tadle ich und versuche, ein vorwurfsvolles Gesicht zu ziehen. Doch meine Freude darüber, dass er endlich da ist, kann ich trotzdem nicht verbergen. Ich falle ihm glücklich um den Hals. „Uns bleibt nur noch eine Stunde, um mit deiner Mutter zu sprechen. Sie wird schon warten."

„Du bist meine große Liebe!", beteuert er.

„Ich weiß." Für dieses Geständnis bekommt Angelo einen besonders innigen Kuss. Doch wir müssen uns beeilen, weshalb ich drängle: „Gehen wir!"

Angelo seufzt und nimmt mich fest in seine Arme. Ich spüre seine tiefe Zuneigung zu mir und würde mich am liebsten fallenlassen. Doch das geht im Moment nicht. Wir haben keine Zeit.

Angelo vergräbt sein Gesicht in meinen Haaren und flüstert: „Mama will keine Russin im Haus."

Was hat er gerade gesagt? Seine Mutter will keine Russin im Haus. Aber ich bin gar keine Russin und begreife nicht, was er mir damit sagen will.

Ich befreie mich aus seiner Umklammerung und rufe empört aus: „Ich bin Armenierin!"

„Ich weiß."

Ich weiß, dass er es weiß. Doch er scheint keinen Unterschied zwischen den Völkern zu machen. Ein Italiener ist kein Deutscher und ein Armenier kein Russe. Doch eigentlich ist das gleichgültig, woher ich komme. Ich will hier in Italien leben als Angelos Frau.

„Deine Mutter kennt mich gar nicht!"

„Sie will dich auch nicht kennenlernen."

Sie will mich nicht kennenlernen? Heiraten wir ohne den Segen seiner Mutter? Das finde ich gar nicht gut, weil so etwas in Italien nicht funktioniert. Mir fallen die Worte der Köchin ein. Sie sagte, dass mich die Mutter so schnell nicht aufnehmen würde und ich keine Chance hätte. Doch sie wird sich irren, denn Angelo sagte eben noch, dass ich seine große Liebe bin. Er will mich heiraten, mit mir zusammen leben und drei Kinder haben.

„Und jetzt? Was machen wir jetzt?", frage ich und merke, wie meine Beine zittern.

Angelo antwortet nicht.

„Sag was!"

Wieder nimmt er mich in den Arm und versichert mir, dass er mich liebt. Das beruhigt mich sofort und ich weiß wieder, dass alles gut wird.

Er schiebt er mich zurück und sagt: „Es gibt keine Hochzeit."

„Es gibt keine Hochzeit?"

Mir wird schwindlig vor Schreck. Es gibt keine Hochzeit, weil seine Mutter mich nicht kennenlernen will. Und was ist mit Angelo? Will er mich nicht mehr, weil seine Mutter mich nicht will? Mir treibt es die Tränen in die Augen. Es sind Tränen der Verzweiflung und gleichzeitig des Zorns. Grob stoße ich ihn zur Seite.

„Du hast gesagt, dass du mich liebst, hast mir die Ehe versprochen und willst Kinder mit mir. War das gelogen?"

Angelo zuckt nur hilflos mit der Schulter und mir wird im gleichen Augenblick klar, dass ihm die Entscheidung seiner Mutter wichtiger ist als das Leben mit mir. Er wird sich ganz schnell in eine andere Frau verlieben und keinen Gedanken mehr an mich und sein Versprechen verschwenden. Was wird nun aus mir? Ich war fest davon überzeugt, den Mann meines Lebens gefunden zu haben.

Was soll ich nur tun? Ich muss meinen Rucksack packen und weiterziehen, am besten Richtung Süden, wo es noch warm ist um diese Jahreszeit.

*****

Wie benommen steige ich die Treppe hinauf, um mich in meinem Zimmer einzuschließen. Doch ich stoße mit einem Mann zusammen. Es ist der Deutsche, unser letzter Hausgast. Er ist kein schöner Mann, zwar blond, doch mit wässrig-hellen Augen und groben Gesichtszügen. Die Nase ist zu breit, der Mund zu schmal mit noch schmaleren, kaum vorhandenen Lippen. Er ist groß und bewegt sich ungelenk, nicht so elegant wie die Italiener. Mir fällt ein, wie Angelo über seine Schuhe spottete: „Ein Mann hält unbedingt seine Schuhe in Ordnung. Sie sind sein Fundament wie die Reifen am Auto. Wer keine sauberen und ordentlichen Schuhe trägt, hat seine Menschenwürde verloren wie einer, der in Jogginghose auf die Straße geht. Kann ein Mann noch tiefer sinken? Er trägt nicht einmal Socken!"
Verstohlen schiele ich auf seine Schuhe, kann aber nicht erkennen, ob er Socken trägt oder nicht. Ich drehe mich zur Seite, um möglichst schnell an ihm vorbei zu kommen.
„Signorina! Sie weinen! Was kann ich für Sie tun?", stammelt er in einem Italienisch, in dem man sofort das Deutsche heraushört.

„Nichts!", zische ich zurück. „Alles in Ordnung!"

„Aber nein!", ruft er aus. „Nichts ist in Ordnung! Warten Sie! Ich hole Ihnen einen Amaretto. Mögen Sie Amaretto?"

Ich nicke. Ich mag tatsächlich diesen süßen Mandellikör, am liebsten gemixt mit Orangensaft oder in heißem Kakao. Der Mann eilt die Treppen hinunter und ich höre ihn mit der Wirtin sprechen, während ich bereits meine Zimmertür verschließe. Ich lasse mich auf mein Bett fallen und sofort ist es mit meiner Beherrschung vorbei. Ich kann nur noch weinen, weil auf einmal alles so anders verläuft als geplant. Ich war so glücklich mit Angelo. Und das soll jetzt plötzlich vorbei sein?

Es klopft an meine Tür. Angelo! Das kann nur *er* sein. Er wird um Entschuldigung bitten, mir versichern, dass ich ihm wichtiger bin als seine Mutter, die mich gar nicht kennt. Sofort stürze ich zur Tür und will ihm in die Arme fliegen. Doch im gleichen Moment höre ich eine fremde Stimme.

„Signorina! Ich habe Amaretto und einen Espresso für Sie."

Der deutsche Gast! An ihn hatte ich nicht mehr gedacht. Zutiefst enttäuscht sinke ich zurück auf mein Bett.

„Signorina!"

Wieder klopft es.

„Stellen Sie das Tablett vor die Tür! Danke!"

Ich höre, wie der Mann leise vor sich hin grummelt

und dann das Klappern von Geschirr. Sicherheitshalber lausche ich noch einen Moment und öffne erst, als ich nichts mehr höre.

Doch der Mann ist nicht verschwunden. Er steht vor mir und hält mir lächelnd das Tablett entgegen. Schlagartig ändert sich seine Miene und er fragt besorgt: „Sie haben geweint?"

Mir ist gleichgültig, dass er mich verheult und ungekämmt sieht. Trotzdem drehe ich mich zu Seite und bedecke mein Gesicht mit den Händen.

„Das geht Sie gar nichts an!"

Ich will nach dem Tablett greifen, doch der Mann übergibt es mir nicht. Ohne mich zu fragen, geht er einfach in mein Zimmer und stellt das Tablett mit einer Tasse Kaffee und dem Likörglas auf den kleinen Tisch. Sein Arm zeigt auf den einzigen Stuhl im Zimmer, was wohl bedeutet, dass ich mich setzen soll.

Dann neigt er kurz seinen Kopf und sagt: „Alexander. Mein Name ist Alexander."

„Kommen Sie bitte herein!", zische ich, obwohl er mitten in meinem Zimmer steht und sich ungeniert umschaut.

„Sie entschuldigen, aber ich ertrage es nicht, wenn jemand weint."

Das ist nicht mein Problem. Ich will nur meine Ruhe. Er soll gehen. Sofort! Doch er geht nicht.

„Darf ich?"

Er zeigt abwechselnd auf mein Bett und den Fenstersims.

Resigniert zucke ich mit der Schulter. Der Typ macht ja doch, was er will und mir fehlt die Kraft, ihn hochkantig hinauszuwerfen.

Er wählt das Bett, was ich recht dreist und direkt unverschämt finde. Das ist so typisch deutsch! Sie wissen immer, was zu tun ist und tun es einfach. Ich greife nach dem Amaretto und trinke das Glas mit einem Schluck leer. Dann gebe ich viel Zucker in meinen Kaffee und rühre eine Weile in der Tasse.

„Danke", sage ich nun doch.

Normalerweise bin ich nicht so kratzbürstig. Doch ich bin völlig fassungslos, weil mich Angelo so kalt abservierte. Nie im Leben hätte ich ihm das zugetraut. Und schon laufen mir wieder die Tränen übers Gesicht.

„Wer hat Sie so traurig gemacht? So eine schöne Frau sollte niemals weinen müssen."

Ich seufze. Noch so ein Süßholzraspler. So kenne ich die Deutschen gar nicht.

„Angelo, der Kellner, wollte mich heute seiner Mutter vorstellen. Doch die will mich nicht sehen, weil ich Russin bin."

„Sie sind Russin?"

„Nein. Ich komme aus Armenien. Aber für Angelos Mutter sind alle Leute aus der ehemaligen Sowjetunion Russen."

„Sie scheint weder klug noch herzlich zu sein. Aber

deshalb muss man doch nicht weinen."

Alexander reicht mir wortlos ein Taschentuch.

„Es ist nur so: Angelo und ich wollten heiraten. Aber nun wird daraus nichts."

Sein Unterkiefer klappt nach unten, was ihn einfältig wirken lässt. Doch die Einfältige bin in Wirklichkeit ich, weil ich diesem Fremden mein Unglück erzähle, was ihn gar nichts angeht. Was soll er von mir denken, wenn ich von meinem Freund derart schroff abgewiesen wurde? Doch er nickt mir ernst zu und schaut mich bekümmert und zugleich verstehend an.

Und was mache ich? Ich schütte ihm mein ganzes Herz aus. Ich vergebe mir nichts, weil er mich nicht kennt. Ich erzähle, dass ich mit Angelo zusammenleben und mit ihm Kinder haben wollte, dass ich schon dreißig Jahre alt bin und jetzt nicht weiß, was ich machen soll. Das Hotel schließt morgen und ich muss mir eine neue Bleibe und eine neue Arbeit suchen. Zu allem Unglück soll es ab heute Nacht kühler werden und obendrein stark regnen.

Erschrocken halte ich inne. Mir ist es plötzlich peinlich, vor einem Fremden mein ganzes Verhängnis ausgebreitet zu haben. Doch er hat mich kein einziges Mal unterbrochen und auch keine schlauen Ratschläge erteilt. Ein Unbekannter will einfach nur zuhören, nicht kritisieren und richten.

„Mein Name ist Sona", sage ich etwas verlegen und merke im gleichen Moment, dass ich vergessen habe, mich Sonja oder Jasmin zu nennen.

„Ein schöner Name, der nach Sonne klingt und gut zu Ihnen passt."

Erleichtert seufze ich, weil er nicht weiter nachfragt und mich einfach nur freundlich anlächelt.

„Ich würde Ihnen gern helfen. Sagen Sie mir, was ich für Sie tun kann. Leider muss ich bereits morgen abreisen, weil ab Montag mein Wintersemester in Deutschland beginnt."

„Sie müssen mich nicht bemitleiden. Das hilft mir auch nicht weiter."

„Aber Sie sagten, das Hotel schließt morgen und Sie wissen nicht, wie es jetzt weitergeht. Es ist also Eile geboten."

„Die Chefin ruft! Ich muss zur Arbeit. Bitte gehen Sie!"

Ich werde also nicht heiraten. Angelo ist der zweite Mann, der mich zurückweist. Zuerst mein armenischer Freund Arman und nun er. Doch es gibt ein schönes Sprichwort: Aller guten Dinge sind drei. Leider glaube ich nicht mehr daran und bin ganz starr vor Angst vor der Zukunft.

*****

Ich betäube meine Angst mit Arbeit. Heute muss ich doppelt und dreifach so viel laufen, weil viele Gäste im Lokal sind. Jeder Stuhl ist besetzt. Alle Freunde der Chefin sind gekommen. Doch Angelo fehlt.

„Du bist schuld daran, dass Angelo gegangen ist!“, schimpft sie.

Dabei hat er mich verlassen und somit allein ich einen Grund gehabt, mich in meinem Zimmer zu verkriechen und meinem Elend hinzugeben. Doch es ist gut, dass ich so viel laufen muss und keine Minute Zeit zum Nachdenken habe.

Alexander

Am liebsten würde ich diese zarte kleine Person in den Arm nehmen, weil sie mir aufrichtig leid tut. Doch das wage ich nicht. Auch ihre Hand kann ich nicht tröstend halten, weil zwischen uns der kleine Tisch steht. Wenn ich jetzt nichts sage, um sie ein wenige abzulenken und aufzuheitern, muss ich wohl gehen. Aber das will ich nicht. Ich will hier sitzen und ihr von mir erzählen. Vielleicht hilft das und sie vertraut mir.

„Ich spreche recht gut Russisch, doch leider kein Armenisch und die Schrift kann ich schon gar nicht lesen. Immerhin habe ich „Die vierzig Tage des Musa Dagh“ von Franz Werfel gelesen“, berichte ich stolz und hoffe, Sona mit meinem Wissen über den Völkermord in Armenien zu beeindrucken. Zum Glück gibt es zwischen Armenien und Russland keinen Streit, sondern gute partnerschaftliche

Beziehungen. Deshalb kann ich ihr von meinen Erfahrungen in Moskau erzählen. In der Uni dagegen möchten zum Beispiel Ukrainer oder Weißrussen nicht auf Russisch angesprochen werden, obwohl nahezu alle Russisch verstehen. Sie sagen: „Wer russisch spricht, ist Russe. Wir nicht!" Deshalb verständigen sie sich lieber auf Englisch, was neben Deutsch die beliebteste Fremdsprache in den Schulen ist.

„Ich spreche besser Italienisch und Deutsch als Russisch", sagt Sona plötzlich in meiner Sprache.

„Du kannst Deutsch?", rufe ich überrascht aus und schlage mir sofort mit der Hand auf den Mund, weil ich sie vor Aufregung duzte. „Bitte entschuldigen Sie! Mit mir sind gerade die Pferde durchgegangen."

„Welche Pferde?", fragt sie belustigt und lächelt dabei ganz zauberhaft.

„Ach", sage ich verlegen, „das ist nur so ein Spruch für ungebührliches Benehmen."

„Ich kenne den Spruch", gibt sie lächelnd zu. „Ich habe nichts dagegen, wenn wir uns duzen."

Sie erzählt, dass sie in Lüneburg und Genua Sprache und Philosophie studierte, jetzt aber frei ist und durch das Land zieht.

„Leider kenne ich weder Lüneburg noch Genua, aber ich kenne Moskau recht gut."

„Dafür kenne ich Moskau leider nicht", bedauert sie. „Jerewan liegt gut zweitausend Kilometer von

Moskau entfernt. Als ich nach Deutschland flog, gab es nur einen kurzen Stopp in Wien. Deshalb habe ich auch von dieser Stadt nichts gesehen, nur den Flughafen."

„Sonja! Kommst du endlich zur Arbeit?", schreit die Wirtin von unten.
Sofort springt sie auf und läuft davon.
Sonja? Ich hatte Sona verstanden, als sie sich vorstellte.

*****

Heute Abend esse ich ebenfalls im Lokal und beobachte die schöne Armenierin die ganze Zeit bei ihrer Arbeit. Sie bewegt sich anmutig wie eine Elfe und schlängelt sich mit Gläsern und Tellern beladen zwischen den Tischen hindurch.
„Angelo ist nicht zur Arbeit gekommen", flüstert sie mir zu. „Die Chefin sagt, ich hätte ihn vergrault und müsse nun seine Arbeit mit erledigen."
„Wann hast du Feierabend?"
„Nicht vor 22 Uhr, eher später", antwortet sie.
„Ich warte auf dich", verspreche ich.
Ich mochte diese kleine Person vom ersten Augenblick. Doch weil sie so außergewöhnlich schön ist und mich nie beachtete, habe ich nicht gewagt, sie anzusprechen. Außerdem war nicht zu übersehen, dass sie in diesen italienischen Schönling verliebt

war. Sie himmelte ihn offen an. Er dagegen kümmerte sich ausschließlich um die Gäste, besonders um die weiblichen. Zu mir war er stets höflich. Ich mag ihn trotzdem nicht. Er hat ihr die Ehe versprochen und nun will er sie loswerden, weil angeblich seine Mutter keine Ausländerin im Haus haben will. Ich halte das für eine billige Ausrede, denn ich kann mir keinen Mann vorstellen, der die Frau heiratet, die seine Mutter ihm aussucht. So etwas gibt es nur in Filmen.

Und doch überlege ich, ob es tatsächlich die Liebe auf den ersten Blick gibt. Ob es die Liebe an sich überhaupt gibt. Früher glaubte ich, meine Freundin zu lieben, doch in Wirklichkeit mochte ich sie nur und war an sie gewöhnt. Im vorletzten Jahr verließ sie mich, weil ich nach meinem Diplom für Maschinenbau auf Automobilinformatik umsattelte und nach dem Bachelor den Master machen will. Sie sagte, dass sie nicht jahrelang auf mich warten kann und zog in eine andere Stadt. Ich weiß nicht einmal, in welche.

*****

Während ich Sona beobachte, male ich mir ein Leben mit ihr aus. Meine Oma spottete oft, ich sei ein Träumer. Doch oft bringt mir ausgerechnet solch eine Spinnerei die besten Ideen. Sona ist frei. Sie weiß nicht, wohin sie jetzt gehen und wovon sie leben soll. Warum nicht bei mir in Chemnitz? Ich bin dreißig Jahre alt und sollte in den nächsten Jahren eine Familie gründen. An meine Familie, meine Eltern, denke ich nur noch selten, seit meine Oma gestorben ist. Sie war Russin und ich habe sie sehr geliebt.

Vielleicht sollte ich Sona von meiner Oma und Moskau erzählen. Das könnte Vertrauen schaffen. Doch vielleicht habe ich gar nicht so viel Zeit oder kann überhaupt nicht mit ihr sprechen. In Gedanken spiele ich alle Möglichkeiten durch, was ich wie sagen muss und komme zu dem Schluss, dass ich sie überrumpeln muss. Sie ist in einer misslichen Lage und sollte nach dem Strohhalm greifen, den ich ihr biete.

*****

„Morgen reise ich ab. Ich lebe in Chemnitz. Das ist eine Stadt am Rande des Erzgebirges." Ich breite meine Arme aus und rufe fröhlich: „Komm einfach mit!"

Jetzt ist es raus!

„Das geht nicht so einfach", antwortet Sona leise.

„Doch das geht! Ich lebe in einer WG und in dieser ist ein Zimmer frei. Das kannst du haben. Es kostet nur 160 Euro im Monat."

Jetzt wird sie über den Preis nachdenken und nicht darüber, ob sie überhaupt mitkommt. Ich weiß, dass sie keinen Plan und keine Verpflichtung hat. Was hindert sie also daran, mich zu begleiten?

„Das ist nicht viel Geld im Vergleich zu Lüneburg, wo ein Zimmer mehr als das Doppelte kostete."

„Siehst du? Und Chemnitz ist eine wirklich schöne Stadt."

Sona schaut skeptisch.

„Wenn eine Stadt wirklich schön ist und man gut darin lebt, hat sie hohe Mieten."

„Das stimmt. Doch Chemnitz ist eine Ausnahme!", beteure ich.

Jetzt lacht sie. Das ist ein gutes Zeichen.

Dann sagt sie ernst: „Aber ich habe keine Ersparnisse. Ich bin nach den Osterferien nicht mehr zur Uni gegangen, weil sie ohnehin geschlossen war. Eingesperrt in meinem Zimmer wollte ich nicht abwarten. Deshalb überließ ich alle meine Sachen einer Freundin und zog mit meinem Rucksack los, um mich mit Hilfsarbeiten durchzuschlagen."

„Verstehe."

„Nichts verstehst du! Meine Kleider und den Hauskram habe ich verschenkt. Ich besitze gar nichts und bin ganz allein."

„Du hast doch mich!", sage ich leise und ergreife ihre Hand.

Aber sie zieht ihre Hand zurück, langsam zwar, doch sehr bestimmt. So schnell gebe ich nicht auf.

„Bald kommt der Winter. Viele Hotels schließen, auch auf den Feldern gibt es nichts mehr zu tun.

Du würdest in Chemnitz ganz schnell eine Arbeit finden und dich in meiner WG wohl fühlen."

Wieder lacht sie und fordert mich auf, von meiner WG zu erzählen. Jetzt habe ich gewonnen!

„Die Wohnung ist fast hundert Quadratmeter groß und hat vier Zimmer, ein Bad und eine große moderne Wohnküche, die gleichzeitig unser Gemeinschaftsraum ist."

„Modern und groß?"

Sona schaut mich zweifelnd an und sagt: „Eine so große Wohnung für so wenig Geld ist sicher eine heruntergekommene Bruchbude."

Energisch schüttle ich den Kopf.

„Das Haus ist zwar alt, doch ganz neu restauriert. Dein Zimmer wäre etwa fünfzehn Quadratmeter groß und zum Teil möbliert mit einem Bett und einem alten Kleiderschrank."

Sona denkt nach. Jetzt darf ich nicht lockerlassen, weil sie mir sonst entwischt. Ich will sie auf keinen Fall hier in Italien zurücklassen. Das ist mir auf einmal wichtiger als alles andere. Ich will ihr nicht mehr nur helfen, ich will sie in meiner Nähe haben. Schnell rede ich weiter, um sie zu überzeugen, dass die WG in Chemnitz für sie die bestmögliche Lösung ist.

„Direkt vor dem Haus hält der Stadtbus, den du gar nicht brauchst, weil das Zentrum keine zehn Fußminuten entfernt ist. Hinter dem Haus beginnt ein idyllischer Park mit einem Flüsschen, das genauso heißt wie unsere Stadt: Chemnitz."

„Wer wohnt außer dir in dieser Wohnung?"

Jetzt ist sie richtig interessiert. Ich muss mich kurz fassen, um nichts Falsches zu sagen. Am besten, ich nenne nur die Namen.

„Im größten Raum wohnt Laura. Sie ist etwa in deinem Alter und arbeitet in einer Kita. Florian gehört die Wohnung. Er ist Künstler."

Ich hoffe, dass sie nicht nach dem Bad fragt, weil es wirklich sehr klein ist und Laura darin viel Zeit verbringt. Doch sie erkundigt sich nach Florian.

„Künstler? Was macht er denn? Malt er vielleicht? Ich male auch. Malen ist wie Meditieren für mich."

Meditieren? Das sind die Leute, die im Schneidersitz auf einer Matte sitzen und mit geschlossenen Augen *omm* sagen. Ein ziemlich unnützes Unterfangen. Aber ich sage nichts dazu.

„Malen erfordert höchste Konzentration und war für mich lange Zeit die einzige Möglichkeit, der Realität zu entfliehen."

Ich nicke, obwohl mir nicht einleuchtet, warum jemand der Realität entfliehen will und am Ende die Illusion vorzieht. Wozu soll das gut sein?

„Mein Vorbild ist Shahen Aleksandryan", sagt sie, presst ihre Hände aufs Herz und schaut mich verzückt an.

Ich habe diesen Namen noch niemals zuvor gehört und interessiere mich auch nicht für Malerei. Aber irgend etwas muss ich sagen.

„Alexander heißt er? Wie ich!", rufe ich aus.

„Er ist ein armenischer Künstler und malt mit klaren Farben so realistisch, dass man glaubt, auf eine Fotografie zu schauen."

„Florian schnitzt. Das Schnitzen hat Tradition im Erzgebirge."

Ich beschreibe ihr lieber nicht näher, was genau er so bastelt, denn seine Kunstwerke gefallen nicht jedem. Mir auch nicht. Deshalb lenke ich geschickt vom Thema ab und frage, warum sie nur ein Jahr in Lüneburg lebte.

„Das gehörte zum Studium: ein Jahr Lüneburg, danach Genua."

Das beruhigt mich.

Trotzdem frage ich: „Du hast also nichts gegen die Deutschen?"

Ich muss diese Frage stellen, weil unser ehemaliger vierter Mitbewohner uns im Zorn oft als Nazi beschimpfte. Seiner Meinung nach sind wir ungesellig und schwierig, weil wir keine Lust hatten, mit ihm die Nächte durchzusaufen und würden ein Geschiss um Pünktlichkeit machen.

Sona schaut mich nachdenklich an und ich rechne schon damit, dass sie mir vorwirft, dass sich das Deutsche Kaiserreich mitschuldig am Genozid an den Armeniern machte und mir deutsches Verhalten im zweiten Weltkrieg um die Ohren haut. Ich habe das Gefühl, ich müsste sterben, wenn sie jetzt sagt, sie mag weder mich noch sonst einen

Deutschen. Lieber lebt sie auf der Straße als in meiner WG. Am liebsten würde ich ihr gestehen, dass ich mich in sie verliebt habe. Doch das würde sie vermutlich nur abschrecken.

„Aber nein! Deutsche sind amüsant."

Amüsant? Diese Antwort habe ich noch nie von einem Ausländer gehört und frage nach.

„Besonders witzig, wahnwitzig!, ist eure Mülltrennung: Ihr trennt Kompost, Restmüll, Papier, Plastik und das Glas, das Glas sogar nach Farben. Bevor ihr den Müll wegwerft, wascht ihr ihn sogar."

Das stimmt. Flaschen und Joghurtbecher spüle ich aus. Sona kichert und ich stimme in ihr Gelächter ein. Sie hat Recht, aber ich habe mir noch nie derartige Gedanken gemacht.

„Deutsche Wertarbeit fällt mir ein, Schlager und Wurst. Eure Wurst ist wirklich eine Sensation, auch die unglaublich vielen Brotsorten. Solch eine Vielfalt scheint es nirgendwo sonst auf der Welt zu geben. Bier. Oktoberfest." Sie zwinkert mir zu. „Und blonde Männer."

Ich bin blond! Zufrieden lehne ich mich zurück.

„Ich mag die Sprache, doch es gibt etwas, was ich gar nicht mag."

Sona macht eine Pause und ich befürchte, dass sie jetzt doch noch mit irgendwelchen Geschichten aus einer Vergangenheit kommt, für die ich gar nichts kann.

„Ich hasse eure unendlich vielen Vorschriften und

noch mehr euren Eifer, euch an jede einzelne penibel zu halten.“

Was denn für Vorschriften? Ich weiß nicht, wovon sie redet.

„Gehe ich zum Beispiel über eine Straße, weil kein Auto kommt, ruft sicher einer: `Die Ampel ist rot!´ Das sehe ich, doch ich sehe auch, dass die Straße frei ist.“

Ich fühle mich ertappt und ziehe beschämt den Kopf ein.

„Während sich ein Italiener über einen kleinen Schwindel amüsiert, entsetzt sich der Deutsche über den ach-so-schlimmen Betrug und meldet ihn.“

Verblüfft schaue ich Sona an, weil sie alles so direkt auf den Punkt bringt.

„Deshalb fühle ich mich in Italien wohler als in Deutschland.“

Das war deutlich. Nun glaube ich nicht mehr, dass sie mitkommen wird. Aber sie mag unsere Wurst und die vielen Brotsorten. Und sie mag blonde Männer!

Ich muss jetzt eine Entscheidung haben und aufs Ganze gehen. Deshalb stehe ich auf, klopfe mit der Hand auf meine Brust und sage mit verstellt tiefer Stimme: „Ich bin blond!“ Leise und etwas ängstlich frage ich: „Du kommst also mit?“

Nun lacht sie.

„Also gut: ich komme mit.“

*****

Wir können erst am Dienstag abreisen, weil Sona noch beim Putzen und Unterstellen der Tische und Stühle hilft. Das ist kein Problem für mich, weil das Wintersemester vor allem digital durchgeführt wird. Ich habe mir längst das Onlinevorleseprogramm heruntergeladen und in meinen Kalender eingepflegt.

Meine Reisetasche ist erheblich größer und voller als Sonas Rucksack. Ich verstehe, dass sie auf ihren Wanderungen kein Gepäck brauchen kann. Nur für ihre Bewerbungen bei Chemnitzer Firmen sollte sie sich neue Kleidung kaufen. Denn in ihrem seltsamen Bademantel und der bunten Schlabberhose kann sie sich nirgends vorstellen, vielleicht nicht einmal in Eventagenturen.

„Wie anders doch die Welt bei Tage aussieht!", ruft Sona aus.

„Und es wird noch besser! Du wirst es erleben!"

Offenbar hat sie den Schock über den verlogenen Gigolo überwunden. Ich werde dafür sorgen, dass es so bleibt.

Die Rückreise gestaltet sich einfacher als gedacht, da wir ohne jede Einschränkung Österreich durchfahren dürfen, obwohl ich auf meinem Handy von langen Staus und einer Testpflicht bei der Einreise nach Deutschland gelesen habe. Aber wir werden zum Glück nirgendwo kontrolliert oder gar aufgehalten. Sona ist von der Autobahn und vor allem von den Wäldern in wunderschönen Herbstfarben begeistert.

„Berge gibt es auch bei uns in Armenien, doch keine Wälder. Vor einhundert Jahren soll noch ein Viertel des Landes bewaldet gewesen sein, heute sind es nicht einmal zehn Prozent der Fläche."

Gegenden ohne Wälder mag ich nicht. Ich brauche Bäume, um mich wohl zu fühlen.

„In und um Chemnitz gibt es Parks und Wälder mit wunderschönen großen Laubbäumen. Das wird dir gefallen", verspreche ich.

*****

Nach zwölf Fahrstunden kommen wir endlich in Chemnitz an. Es ist schon dunkel und ich würde am liebsten einfach nur ins Bett fallen. Leider wird daraus nichts, denn Laura und Florian wollen die Neue kennenlernen, bevor sie endgültig zustimmen, dass sie bleiben darf. Viel konnte ich ihnen am Telefon nicht über Sona erzählen, weil ich sie selbst noch nicht kenne. Nur, dass sie aus Armenien stammt, Philosophie und Sprache studierte und perfekt deutsch spricht. Das war beiden wichtig. Denn in dem Zimmer, in das Sona einziehen soll, wohnte ein Typ, der sich nur englisch unterhalten konnte. Anfangs fanden wir das cool, doch mit der Zeit zu anstrengend, uns nur in einer Fremdsprache zu verständigen.

Laura hat den Tisch mit Brot, Wurst, Käse und Butter gedeckt. Dazu für jeden rote, blaue und orange Servietten aufgelegt und mir erklärt, dass dies die Farben der armenischen Flagge sind. Damit keiner merkt, dass ich das nicht wusste, wende ich mich an Sona und frage: „Trinkst du Tee, Bier oder Wein?"

Sie wählt Wein.

„Wo wirst du arbeiten?", erkundigt sich Laura sofort nach dem Anstoßen mit strenger Erzieherstimme.

„Lass sie doch erst einmal ankommen!", bitte ich.

„Nein, das muss geklärt sein, *bevor* sie ankommt."

„Ich habe noch keine Arbeit", antwortet Sona ruhig.

„Das wird kein Problem sein, weil ich schon Ideen habe. Sona muss sich nur noch entscheiden."

Das ist glatt gelogen, denn ich habe nicht einmal den Ansatz einer Idee, wo sie arbeiten könnte und kenne keine Firmen, die Leute einstellen wollen. Ich habe nur vage gehört, dass viele händeringend nach Mitarbeitern suchen.

„Vorerst übernehme ich Sonas erste Miete", erkläre ich und ergänze: „Keine Sorge! Sie wird schnell eine passende Stelle finden."

„Falls nicht, übernimmst du die Bürgschaft! Das heißt, du bezahlst, so lange sie hier bleibt. Wir halten das vertraglich fest."

Florian verdreht die Augen und Sona schaut mich irritiert an.

„Die Wohnung gehört Florian, doch Laura kommandiert gern und behandelt uns wie Kinder aus ihrer Kita."

Sie und Florian sind ein Paar, wirken auf mich aber wie zwei Einzelpersonen, denn Laura hält sich ausschließlich in ihrem Zimmer auf und kommt nur in die Küche, um sich einen Joghurt aus dem Kühlschrank zu holen oder ihre Zigarettenasche in den Abfall zu kippen. Niemals kocht oder isst sie mit Florian zusammen. Das finde ich seltsam. Seltsam finde ich auch, dass er jede Frau anbaggert, obwohl er in einer festen Beziehung lebt. Er hat die seltene Gabe, junge und alte Mädels mühelos um seinen Finger zu wickeln. Jede Frau hängt an seinen Lippen, als verkünde er ihre Zukunft. Dabei ist seine Stimme für einen Mann eher zu hoch. Auf Märkten und diversen Veranstaltungen verkaufte er leicht seinen Schnitzkram. Doch seit März gibt es diese Möglichkeiten nicht mehr und er ist aufs Internet angewiesen, wo sein Charme keinen Wert hat. Die meisten Menschen mögen ihn. Ich nicht.

*****

Am nächsten Abend lade ich Sona ins Armenische Lokal ein. Sie wählt ein mit Hackfleisch gefülltes Omelett, das sie Blintschiki nennt, dazu Reis. Für mich bestelle ich Araratjan, ein Schweinesteak mit gebratenen Auberginen und gebackenen Kartoffeln. Wir trinken Rotwein und stoßen auf unsere Freundschaft mit armenischem Cognac an.

Bei dieser Gelegenheit erzähle ich Sona aus meinem Leben.

„Mein Großvater studierte zu DDR-Zeiten in Moskau. Dort verliebte er sich in eine Russin und brachte sie als seine Frau mit nach Hause. Sie bekamen in Chemnitz eine Arbeit und eine Wohnung zugewiesen und kurz hintereinander zwei Kinder. Eines der Kinder war meine Mutter.

Oma kam mit dem Leben in der DDR nicht zurecht und auch nicht mit der ihr zugewiesenen Arbeit, die nichts mit ihrem erlernten Beruf zu tun hatte. Sie wollte zwar unter Leute, aber sie hatte Angst vor ihnen, weshalb sie lieber stundenlang hinter dem verhangenen Küchenfenster dem Leben draußen auf der Straße zuschaute. Obwohl es nicht gern gesehen war, traf sie sich ausschließlich mit Russen, die damals den größten Ausländeranteil in Chemnitz bildeten. Auch mit ihren Töchtern sprach sie nur russisch, was meinen Großvater bis zuletzt erboste.

Ich verbrachte fast meine gesamte Freizeit bei Oma und war von ihren Erzählungen und vor allem der fremden Sprache fasziniert, die ich bald fließend beherrschte."

„Deshalb sprichst du also russisch?"

Ich nicke.

Ich mag die russische Sprache sehr. Außerdem habe ich gelesen, dass sie Gehör und Gehirn drei Mal mehr beansprucht als Deutsch. Sie steht an siebenter Stelle der meistgesprochenen Sprachen weltweit. Allein in Deutschland leben mehr als 600.000 Menschen aus der ehemaligen UdSSR und über 230.000 aus den russischen Föderationen.

„Als meine Oma starb, bewarb ich mich nur wenige Tage später für ein Auslandssemester in Moskau. Ich wollte endlich wissen, wie es sich dort, wo sie herkam, leben ließ, das berühmte Bolschoi-Theater besuchen, wo ihr Lieblingsballett Igor Moisejew auftritt. Ich wollte über den riesigen Roten Platz schlendern, den Kreml und die bunten Kuppeln der Basilius Kathedrale bestaunen. Obwohl Oma nicht mehr lebte, fühlte ich mich ihr sehr verbunden, als ich in Moskau war."

„Weißt du, weshalb ich mich für die deutsche Sprache und Kultur interessiere?" Sona lacht, während ich den Kopf schüttle. „Mein Urgroßvater war Deutscher. Ist das nicht seltsam, dass deine Oma Russin war und mein Opa Deutscher?"

Ich halte das für eine ganz wunderbare Fügung und bestelle einen weiteren Cognac.

„Hast du deinen Großvater ebenso geliebt wie ich meine Oma?"

„Ich habe ihn leider nie kennengelernt und kaum etwas über ihn erfahren", bedauert Sona. „Ich weiß nur, dass meine Mutter in Sibirien geboren wurde und zehn Jahre lang mit meiner Oma in Moskau wohnte."

„In Moskau?!", rufe ich überrascht aus.

„Ja, das ist seltsam, dass unsere beiden Großmütter in Moskau lebten."

Dann erzählt sie, dass ihre Urgroßmutter allein mit zwei kleinen Kindern von Armenien nach Sibirien verschickt wurde und sich dort jahrelang unter widrigsten Umständen durchschlug. Nach vierzehn Jahren durfte sie das Lager verlassen und zog mit ihrer Tochter und deren zwei Kindern nach Perm und später nach Moskau.

Ich tippe in mein Handy die Orte Jerewan, Perm und Moskau ein und sehe, wie viele tausende Kilometer sie voneinander entfernt liegen.

„Das ist wie eine Weltreise!", rufe ich aus.

„Meine Mutter bekam zu ihrem 17. Geburtstag eine Fahrkarte nach Jerewan und wurde wenige Tage später mit einem Unbekannten verheiratet. Und dann kam ich." Sona lacht mich vergnügt an, will aber nicht weiter erzählen, sondern mehr von meinen Erlebnissen in Moskau erfahren.

„Die TU Chemnitz, wo ich Maschinenbau studierte, hat traditionell gute Beziehungen zu Russland und half bei all den Anträgen. Sie vermittelten mir sogar ein Studentenzimmer, in dem wir zwar zu acht hausten, doch es war bezahlbar und außerdem lustiger als allein. Ein Ire, zwei Chinesen, ein Kasache, drei Russen und ich. Da ich recht gut Russisch spreche, konnte ich mich sofort verständigen im Gegensatz zum Iren, der aus irgendeinem Grund glaubte, dass in der Uni alle englisch sprechen.

Auf jeden Fall war diese Zeit in Moskau der reinste Kulturschock für mich. Von den Wänden bröckelte der Putz, abgerissene Tapeten hingen herunter, aus der Gemeinschaftsküche wurde alles geklaut, was nicht niet- und nagelfest war. Wer ins Bad wollte, musste lange anstehen, vor allem am Morgen zum Duschen. Die Waschmaschine war kaputt und wurde in all den Monaten nicht repariert.

Trotzdem wurde kräftig gefeiert. Es ist unglaublich, wie viel Wodka die Russen vertragen."

Ich hebe mein Glas und proste Sona zu.

„Vor dem Trinken war ein Trinkspruch nötig, der oft ewig lang war. Mir gefiel, dass man dort viel unbekümmerter als in Chemnitz über Politik und Wirtschaft diskutierte."

*****

Dass Sona nun mit in meiner WG lebt, macht mich derart glücklich, dass ich ständig überlege, was ich ihr Gutes tun kann. Heute möchte ich einen Kuchen backen. Zwar habe ich das bisher noch nie getan, doch wenn ich einmal eine Idee habe, ziehe ich diese durch. Heutzutage ist das kein Akt. Es gibt das Internet für ein einfaches Rezept, einen elektrischen Mixer für den Teig und ein Blech, das man einfach in den Ofen schiebt. Fertig.

Eier und Milch befinden sich im Kühlschrank, aber kein Quark. Sicher kann man auch Joghurt nehmen, am besten den mit Kirschen und Vanille. Der gehört zwar Laura und sie macht immer ein Geschiss um ihren Kram, doch wenn sie ein Stück Kuchen abbekommt, wird sie sicher Ruhe geben. Zucker und Mehl gibt es auch, aber kein Backpulver. Das ist nicht weiter tragisch, denn man braucht nur sieben Gramm, die bei dem vielen Mehl gar nicht auffallen. Keine fünf Minuten später ist der Teig in der Auflaufform und kann in Ruhe backen.

In der Zwischenzeit muss ich die Küche putzen. Überall klebt Mehl, obwohl ich sehr vorsichtig war. Die Eierschalen sind auf den Boden gerollt und haben Schlieren hinterlassen. Als die vierzig Minuten Backzeit vorüber sind, greife ich nach der Form und ziehe sie aus dem Ofen. Im gleichen Moment schreie ich auf, denn ich habe mir die Finger verbrannt. Vor Schreck lasse ich die Form fallen. Jetzt liegt sie verkehrt herum auf dem Boden und ich weiß nicht, was ich machen soll.

Genau in diesem Moment kommt Sona in die Küche. Sie hebt die Form auf und wir schauen auf unappetitlichen Pamp, der auf dem Boden liegt und gar nicht wie ein Kuchen aussieht. Ich könnte heulen, aber Sona lacht.

„Du lachst? Meine ganze Arbeit ist im Eimer!"

„Im Eimer?"

Wer den Schaden hat, muss für den Spott nicht sorgen. Ich überlege, wo die Kehrschaufel steht, damit ich den Mist vom Boden bekomme.

„Lass mich nur machen, ich kriege das hin", tröstet Sona.

Sie holt Gelatine aus ihrem Schrank, weicht sie in Kirschsaft auf und rührt den Teig, der überhaupt nicht nach einem Kuchen aussieht. zusammen mit der Gelatine in eine Schüssel. Dann hebt sie geschlagene Sahne und Kakao unter die Masse, füllt alles in eine gewellte Kuchenform und stellt sie in den Kühlschrank.

Am Abend stellt sie Kerzen und kleine Schälchen auf den Tisch. Dann nimmt sie die Form aus dem Kühlschrank und stürzt den Inhalt auf einen Teller, der nun wie eine wunderschöne Torte aussieht. Die Anderen haben richtig gestaunt und mein Werk gelobt. Laura wollte sogar das Rezept haben, obwohl sie bisher noch niemals etwas gekocht oder gebacken hat. Fast hätte ich ihr die Wahrheit erzählt, doch Sona schüttelte den Kopf und blinzelte mir verschwörerisch zu.

*****

Zwei Wochen später ruft meine Mutter an
„Viktor ist gestorben, gestern im Krankenhaus."
Viktor ist ihr Mann und hat seit einigen Jahren Probleme mit der Lunge. Ich mochte ihn und hatte immer eine gute Beziehung zu ihm, obwohl er nicht mein Vater war.

„Kannst du kommen?"

Ich erfahre, dass die Beisetzung innerhalb von drei Tagen zu erfolgen hat, also bereits morgen um zehn Uhr. Diese Eile verstehe ich nicht, doch darüber habe ich nicht zu befinden. Mutter bittet mich, erst morgen zu kommen, weil sie das Haus voller Leute habe und mich nicht unterbringen kann.

Also muss ich recht früh aufstehen, denn sie lebt im Osterzgebirge, zwei Autostunden von Chemnitz entfernt.

Kurz vor zehn Uhr stehe ich am Eingangstor des kleinen Friedhofs. Es sind keine Leute zu sehen, keine Nachbarn, keine Kollegen, keine Schüler und keine Verwandten. Viktor war Lehrer wie Mutter. Ich hatte mit mehr als fünfzig Trauergästen gerechnet. Habe ich mich etwa verspätet und alle sind bereits in der kleinen Bergkapelle? Doch Mutter sagte, dass die Grabrede direkt auf dem Friedhof gehalten werde wegen der neuen Bestimmungen. Es sind nur zehn Personen zugelassen inklusive Grabredner. Bei einer kirchlichen Feier dürfen dreißig Personen das letzte Geleit geben zuzüglich Pfarrer und Urnenträger. Diese merkwürdig unterschiedlichen Regeln sind mir unbekannt, doch sie betreffen mich nicht. Oder doch? Sicherheitshalber zähle ich in Gedanken die Personen durch: Mutter, Viktors Sohn mit Frau, Viktors Schwestern mit ihren Männern und Kindern und der Grabredner. Mit mir wären das zwölf Leute. Hoffentlich geht das gut.

Ich gehe durch das Tor und schaue mich suchend nach Mutter und den anderen Trauergästen um.

„Halt!", bellt eine tiefe Stimme.

Erst beim zweiten Anruf kapiere ich, dass ich gemeint bin.

„Ausweis!"

„Wie bitte?"

„Ausweis!", wiederholt ein großer stämmiger Mann barsch.

„Warum?"

Ich sage dem Mann meinen Namen und dass ich zur Beerdigung will.

„Zu Trauerfeiern sind nur zwei Haushalte zugelassen."

„Ich gehöre zur Familie meiner Mutter", erkläre ich.

Verächtlich mustert er mich von oben bis unten.

„Du bist der Alexander, das weiß ich. Doch du wohnst nicht im Haus deiner Mutter."

Natürlich nicht. In meinem Alter wohnt man nicht mehr im Hotel Mama. Darf ich deshalb meiner Mutter nicht beistehen, wenn sie ihren verstorbenen Mann zu Grabe trägt?

„Viktors Sohn aus erster Ehe bildet mit seiner Familie den zweiten Haushalt."

Viktors Sohn mag Mutter nicht. Er wird ihr nicht beistehen, sondern ihr vorwerfen, dass sie seiner Mutter den Mann gestohlen und sie unglücklich gemacht hat. Das tut er immer, wenn er ihr begegnet. Und das darf ich nicht zulassen!

Es bringt nichts, mit dem Wachmann zu diskutieren. Er hat die Aufgabe, niemanden vorbeizulassen und ist auch noch stolz darauf. Besser, ich beachte ihn nicht weiter und gehe einfach an ihm vorbei.

Doch er packt derb meinen Arm und zischt: „Wenn du nicht sofort verschwindest, rufe ich die Polizei!"

Darf mich die Polizei mit Gewalt vom Friedhof entfernen? Das glaube ich nicht. Doch mir bleibt nichts anderes übrig, als mich freiwillig zu verziehen, obwohl ich Viktor gern die letzte Ehre erwiesen hätte.

Ziemlich bedrückt schlendere ich zum Haus meiner Mutter. Dort sitzen bereits Viktors zwei Schwestern mit ihren Partnern und Kindern, zwei davon mit Mundschutz. Viktors Mutter musste im Pflegeheim bleiben. Sie hat ihren Sohn seit einem halben Jahr nicht mehr sehen dürfen. Kondolierende Nachbarn haben sie keine eingelassen. Ich erfahre, dass der kleine Ort zu einem Risikogebiet erklärt wurde, weil es in nahezu jedem Pflegeheim positiv auf das Virus getestete Bewohner und Pfleger gibt und sich das Virus im gesamten Osterzgebirge rasend schnell verbreitet.

„Es gab sogar Todesfälle", haucht eine Frau.

„Die Alten sterben nun mal!", weiß ein junges Mädchen. „Ich habe keine Lust, hier länger rumzuhängen. Onkel Viktor macht das jedenfalls nicht wieder lebendig."

„Sgladschd glei!" (Es klatscht gleich! - gemeint ist ein Schlag ins Gesicht)

„Ist doch wahr!", verteidigt sich das Mädchen und verlässt die Stube.

„Die Jugend von heute wird immer schlimmer", beklagt sich eine der Frauen.

Ich folge dem Mädchen in die Küche, wo ein Buffet mit Schnittchen und Kuchen angerichtet ist. Auch ein großer Topf mit Suppe steht bereit, Geschirr und Besteck.

„Mich kotzt der ganze Mist an!", faucht sie. „Maske tragen im Unterricht und im Bus. Ich wollte die Schule schmeißen, aber hier in dem elendigen Kaff kann man nur in die Pflege oder den Verkauf. Alles saudoofe Maskenberufe!"

Ich verstehe das Mädchen gut und frage, was sie mal lernen oder studieren will.

„Eigentlich Kunsthochschule, bringt nix, heutzutage schon gar nicht. Also Hochschule für Technik und Wirtschaft."

„Und was genau?"

„Is wurscht!"

Genervt dreht sie sich zur Seite. Ich erzähle ihr,

dass ich in Chemnitz studiere und die Seminare meist digital ablaufen.

„Cool!"

In diesem Moment kommt Mutter zur Tür herein. Allein. Viktors Sohn betritt ihr Haus nicht. Mir soll es recht sein. Ich umarme sie und schon umringen uns die vielen Frauen und bestürmen sie mit ihren Fragen.

„Wie war die Rede?"

„Gab es viele Blumen?"

„Wie sah die Urne aus?"

„Was wirst du jetzt tun ohne deinen Mann?"

Was soll sie schon tun? Weiter als Lehrerin arbeiten und ansonsten versuchen, ohne ihren Mann über den Tag und die langen Nächte zu kommen.

Mutter antwortet nicht. Sie zeigt nur stumm auf die Häppchenteller.

*****

Am nächsten Abend klopft es an meine Zimmertür und Sona steckt ihren Kopf herein.

„Ich habe Gata-Kuchen gebacken. Komm!"

Ich schüttle den Kopf.

„Was hast du?"

Fast mütterlich legt sie ihren Arm auf meine Schulter und küsst mich auf beide Wangen. Ich mag Sona sehr, liebe sie von ganzem Herzen, doch mehr als diese zwei Küsschen auf die Wange hat es bisher nicht gegeben. Dabei lächelt sie mich auf eine Weise an, die keinen Zweifel daran lässt, dass sie mich ebenfalls liebt. Vielleicht sollte ich unserem Glück eindeutiger nachhelfen. Vielleicht wartet sie darauf, dass ich sie packe und küsse. Doch sobald ich mich entschließe, sie fest in meine Arme zu nehmen, lacht sie und ich befürchte, dass ihr spöttisches Lachen nur Freundschaft bedeutet. Meist lache ich dann ebenfalls und wage nicht, ihr zu sagen, wie sehr ich sie liebe.

Heute mag ich nicht lachen.

„Was hast du?", wiederholt sie ihre Frage. „Warum bist du so traurig?"

Sofort schießen mir Tränen in die Augen, was mir peinlich ist. Ich habe noch nie vor anderen geheult, schon gar nicht vor einer Frau. Maximal vor meiner Mutter. Beim Gedanken an meine Mutter kann ich mich gar nicht mehr beherrschen und weine hemmungslos.

„Geh!", bitte ich Sona.

Doch sie setzt sich zu mir aufs Bett und umschlingt mich fest mit ihren Armen.

„Sch … sch … Alles wird gut."

Nichts wird gut, weil es nicht gut werden kann. Mich betrifft es weniger als meine Mutter. Ich wäre jetzt gern an ihrer Seite und würde ihr beistehen, aber das darf ich nicht.

Sona rutscht an die Wand und zieht mich zu sich heran. Ganz nah. Ich rieche den Duft ihrer Haare und spüre jeden ihrer Atemzüge. Ihre Brust hebt sich dabei und drückt jedes Mal leicht gegen meine. Ich liege wie erstarrt, wage mich nicht zu bewegen und hoffe, dass sie nicht merkt, wie deutlich mein Verlangen nach ihrem Körper steigt.

„Du kannst mir alles sagen. Ich bin bei dir und höre zu", flüstert sie.

Erst einige Minuten später fühle ich mich in der Lage, ihr zu erzählen, dass der Mann meiner Mutter gestorben ist und ich ihm nicht das letzte Geleit geben durfte. Ich lasse kein Detail aus und fühle mich danach wie befreit.

Sona schaut mich ernst an und ich sehe, wie ihre grünen Augen immer dunkler werden, fast komplett braun sind und unglaublich sinnlich auf mich wirken. Ihr inniger Blick kann nur bedeuten, dass ich sie umarmen darf. Während ich noch zögere, küsst sie mich auf den Mund und ich versinke in einem warmen Nebel, aus dem ich nie wieder auftauchen möchte. Ganz langsam schälen wir uns aus unseren Kleidern, als ob Eile alles verderben könnte. Dabei kann ich es nicht erwarten, endlich mit ihr eins zu werden. Dann lieben wir uns sanft und sehr zärtlich.

Danach bin ich einfach nur glücklich, weil wir nun endlich ein Paar sind, wovon ich die ganze Zeit schon träume.

„Ich liebe dich", gestehe ich endlich. „Vom ersten Augenblick an liebe ich dich."

Sona lächelt ihr sanftes Lächeln und streicht meine Haare zurück.

„Liebst du mich genauso sehr wie ich dich?", frage ich und bereue es sofort, denn sie runzelt ihre Stirn und schaut mich nachdenklich aus ihren grünen Augen an.

„Ich fühle mich gut bei dir. All meine Sorgen scheinen wie weggeblasen und ich komme endlich zur Ruhe."

Das ist zwar nicht die Antwort, die ich erwartet habe, doch nun weiß ich, dass sie nicht mehr fortgehen wird, sondern bei mir bleibt und mit mir leben will.

„Du bist wie ein fester Baum für mich. Du bist da, wo du immer bist. Auf dich kann ich mich verlassen. Und das ist gut."

*****

Ich komme in die Küche, wo Sona eine Suppe für uns kocht. Doch in der Tür bleibe ich wie angewurzelt stehen, denn Sona bemerkt mich nicht. Sie schaut wie selbstvergessen Florian an und ich erkenne in ihrem Blick zärtliche Hingabe. Es ist der gleiche Blick, mit dem sie den schönen Italiener anhimmelte. Ein Blick, der nur mir gehören darf! Wie kann sie es wagen, diesen Schönling derart innig anzuschmachten? Merkt sie nicht, wie falsch und untreu Florian ist? Er baggert jede Frau an, die nicht schnell genug wegläuft. Jetzt läuft Laura von ihm weg. Sie zieht aus. Sicher aus Kummer, weil er mit ihr Schluss gemacht und ihr eiskalt gekündigt hat.

Sona ist die Frau meines Lebens. Dieses Glück lasse ich mir nicht von einem Laffen wie Florian zerstören. Als wir endlich allein sind, ergreife ich ihre Hand und frage, ob sie mich heiraten will. Sie ist derart überrascht, dass sie vor Freude so schnell keine Antwort findet. Sie muss auch gar nichts sagen. Ich weiß, dass sie mich liebt, weil sie sich gut bei mir fühlt und ich für sie wie ein fester Baum bin. Zuverlässig. So wünscht es sich jede Frau.

„Im nächsten Jahr habe ich meinen Master. Dann verdiene ich viertausend Euro im Monat und wir können heiraten. Ich habe gespart."

„Gespart?"

Sie schaut mich etwas ungläubig an. Vielleicht sollte ich konkreter sein und ihr die Summe nennen, die auf meinem Konto steht.

„Dir wird es an nichts fehlen!", beteure ich.

Frauen brauchen Sicherheit, das habe ich einmal gelesen. Sie mögen Männer mit Geld und Einfluss.

„Du sprichst von Geld und nicht von Liebe."

Das klingt fast vorwurfsvoll.

Schnell füge ich hinzu: „Aber du weißt doch, dass ich dich liebe."

„Liebe? Du liebst ganz anders als ich."

Natürlich. Sie ist eine Frau und ich der Mann.

„Wir werden ein schönes Haus haben, in dem du mit unserem Kind lebst. Ich werde für euch sorgen. Du kannst dich auf mich verlassen."

„Ich weiß", sagt sie sanft. „Aber so funktioniert das nicht! Ich bin gern mit dir zusammen, doch ich möchte mein Leben leben und du deines."

Wieso will sie ihr Leben leben, wenn sie doch gern mit mir zusammen ist? Will sie gar nicht mit mir leben? Ich bin treu und werde bald genug verdienen, um sie glücklich zu machen.

Als ich sie kennenlernte, wollte sie einen italienischen Kellner heiraten, der genau wie Florian jede Frau umgarnt. Merkt sie nicht, dass auf solche windigen Typen kein Verlass ist? Typen, die ihr nichts bieten können außer salbungsvollen Worten.

„Wer nur schönen Worten vertraut, wird immer wieder enttäuscht", warne ich sie.

„Lieber mehrmals enttäuscht sein als weniger zu vertrauen", gibt sie leise zurück.

Was will sie mir damit sagen? Ist ihr eine salbungsvolle Lüge lieber als ein ehrliches Angebot? Mir fällt dieser Blick wieder ein, mit dem sie Florian anschaute.

„Was findest du an Florian?", frage ich verärgert.

„Er ist ein Gockel."

„Gockel?"

„Ein eitler Snob, der keine Lust zur Arbeit hat."

„Er ist Künstler!", antwortet sie empört.

Was sagt das schon aus? Er sitzt den ganzen Tag herum und schnitzt an seinen albernen Figürchen, die kein Mensch kaufen will. Sobald ich meinen Master in der Tasche habe, ziehe ich aus, vielleicht schon früher. Dann werde ich mit Sona eine eigene Wohnung haben und eine Familie gründen.

„Er hat nicht einmal studiert. Ihm ist es nicht einmal peinlich, dass er nichts weiß. Er lacht einfach und sagt, dass er nicht alles wissen muss."

„Natürlicher Verstand kann fast jede Bildung ersetzen", erklärt sie.

Weshalb verteidigt sie ihn? Zumal sie selbst studiert hat. Ich jedenfalls habe keinen Respekt vor Leuten, die es nicht einmal zum Abitur gebracht haben.

„Was hast du gegen ihn? Die Menschen sind verschieden. Kein einziger ist so, wie du ihn brauchst. Man muss jeden so nehmen, wie er nun einmal ist – ob man ihn mag oder nicht."

Ich kann es nicht ausstehen, wenn sie philosophiert. Dann findet sie kein Ende und kommt mir vor wie eine Lehrerin. Es sind nur Worte, doch allein Taten zählen. Florian tut nichts, hat nie etwas Richtiges getan und wird auch nie wirklich etwas tun. Das hätte ich laut sagen sollen, damit Sona endlich mal klar sieht.

„Es gibt etwas, weshalb man den einen mehr mag als den anderen, ohne dass man den Grund dafür erklären kann. Und dann gibt es noch die Liebe, die das größte Wunder ist."

Was will sie mir damit sagen? Dass sie Florian mag und mich liebt? Oder umgekehrt? Wir sind ein Paar. Sie gehört zu mir! Wir gehören zusammen. Mich macht ihr Gerede unsicher.

Wütend kontere ich: „Ich nehme jeden so, wie er ist. Doch mich stört, dass du ihn auf einen Thron stellst, wo er gar nicht hingehört. Und alles nur, weil er kleine Figürchen bastelt."

„Bastelt?"

Ständig stellt sie mein letztes Wort als Frage in den Raum. Ich hasse das!

„Ja, bastelt!", schimpfe ich verächtlich. „Du kriechst ihm ständig hinterher, rennst mit ihm in die Kunstsammlungen."

Inzwischen müsste sie in diesem Museum jedes einzelne Gemälde kennen. Ihr macht es im Gegensatz zu mir nichts aus, wenn sie dabei eine Maske tragen muss. In unzähligen Farben und Mustern hat sie sich Masken genäht. Früher gefiel sie mir besser, als sie nur ihre bunte Hose und den langen Mantel hatte. Nein, das stimmt nicht. Seit sie eine Arbeitsstelle gefunden hat, trägt sie enge, meist rote Kostüme, Kleider und Hosenanzüge, worin sie einfach hinreißend aussieht.

„Ich interessiere mich für Kunst, du nicht."

„Kunst ist zu nichts nütze. Zu gar nichts!"

Sona schaut mich mit offenem Mund an. Sofort bedauere ich meine heftigen Worte und lenke ein.

„Schöne Gemälde schaue ich mir auch an, aber Florians Figuren sind unnütz. Sie taugen nicht einmal den Kindern zum Spielen."

„Zum Spielen?" Verärgert schüttelt sie den Kopf. „Dafür sind sie nicht gemacht."

Wozu dann? Jedes Ding muss einen Sinn haben, der mehr ist, als es nur anzuschauen.

„Sinn und Nutzen sind zwei verschiedene Dinge. Nicht alles, was für jemanden sinnvoll ist, ist auch nützlich."

Ihre Wortklauberei geht mir auf die Nerven.

„Ich liebe seine Figuren!", schwärmt sie und breitet begeistert ihre Arme aus.

„Man kann keine Figuren lieben, nur Menschen", fauche ich sie an. „Ich würde diesen Mist nicht kaufen."

„Das musst du auch nicht", sagt sie ernst, dreht sich um und lässt mich einfach stehen.

Ich höre, wie sie an Florians Tür klopft und in seinem Zimmer mit ihm lacht.

Florian

Sona ist ganz vernarrt in meine geschnitzten Figuren, nimmt jede einzelne vorsichtig in die Hand und betrachtet sie von allen Seiten. Einer meiner Kobolde hat es ihr besonders angetan. Er hat einen großen Kopf, kurze Beine und lange Arme, in denen er eine Mandoline hält. Die ist mir leider nicht gut gelungen, der Griff sitzt schief und die Saiten sind kaum zu erkennen. Verkaufen kann ich das misslungene Stück allerdings nicht. Ich hätte es längst entsorgen sollen.

„Der ist so schön!", ruft sie aus. „Ich liebe das Schöne."

„*Das* Schöne gibt es nicht. Es gibt das Harmonische, Schlichte, Natürliche."

„Natürlich ist dieser schlicht harmonische Kobold schön", fasst sie lustig meine Worte zusammen.

„Irgendwie sieht er dir ähnlich", scherze ich. „Magst du den Kameraden haben?"

Sona schaut mich zweifelnd an.

„Ich schenke ihn dir", verkünde ich großzügig.

Begeistert fällt sie mir um den Hals und gibt mir einen dicken Kuss auf die Wange.

Zwei Tage später kommt sie mit der Figur zurück und hält sie mir unter die Augen. Es ist eindeutig mein Kobold und doch wieder nicht, denn er ist nicht wie früher rein holzfarben, sondern bunt.

„Entschuldige bitte! Ich weiß, ich hätte dich fragen müssen", stammelt sie und sieht aus, als würde sie im nächsten Augenblick anfangen zu weinen. „Bist du mir sehr böse?"

„Aber nein! Ganz im Gegenteil!", rufe ich begeistert aus.

Bisher hatte ich alle meine Figuren holzfarben be-
lassen, weil das edel aussieht und ich gar nicht auf
die Idee kam, sie zu bemalen. Doch Sona hat den
Kobold bemalt. Seine Arme und nackten Füße sind
schwarz, ebenso das Gesicht, woraus die Augen
giftig grün leuchten. Er trägt eine grasgrüne, doch
schmutzig wirkende Weste. Nur die Mandoline
sticht naturfarben hervor und wirkt auf einmal ab-
solut passend.

„Du hast ein ganz besonderes Talent für Farben
und deren Wirkung", lobe ich.

„Aber nein!", wehrt sie ab. „Ich kann einige Dinge
besser als andere Leute, doch ein besonderes Talent habe ich nicht. Ich bin einfach gut in dem, was
ich mache und das reicht mir."

Ich umarme Sona wortlos und betrachte dann mit
ihr meine Figuren, die ein ganzes Wandregal füllen.

„Gefallen dir farbige Schnitzereien besser?"

„Ja. Ich mag es bunt. Aber ich wollte dich wirklich
nicht kränken. Du hast mir den Kobold geschenkt
und ..."

„Das ist in Ordnung", beschwichtige ich sie. „Meine
Frage war ernst gemeint."

„Ich glaube, dass sich die Märchengestalten leich-
ter verkaufen ließen, wenn sie lustig bunt wären."
Sie zeigt auf mein Schneewittchen. „Sie würde in
einem weißen Kleid und mit schwarzen Haaren
hinreißend aussehen und die sieben Zwerge mit

bunten Mützen und Jacken."

„Du bist ein Genie!", rufe ich aus, hebe Sona in die Luft und wirble sie im Kreis herum. „Wir fahren jetzt in die Stadt und kaufen Farbe. Und dann wirst du alle meine Märchenfiguren zum Leben erwecken!" Sona lacht.

„Das willst du doch, nicht wahr?", frage ich, obwohl es keine wirkliche Frage, sondern für mich bereits beschlossene Sache ist.

„Aber ja!", ruft sie aus und hüpft aus dem Zimmer. Ich höre, wie sie sich bereits ihre Schuhe anzieht.

*****

In diesem Jahr gibt es weder Messen noch sonstige öffentliche Veranstaltungen, wo ich meine Figuren verkaufen kann. Deshalb hat mir ein Freund ein Internetshop eingerichtet, über den ich im Moment ganz gut verkaufe wie immer während der letzten drei Monate im Jahr. Hier im Erzgebirge stellen die Leute in der Adventszeit Pyramiden und allerhand Schnitzwerk auf. Ich mag weder die christlichen Motive noch die üblichen Bergleute oder Waldtiere. Deshalb habe ich die Kobolde und Märchenfiguren erfunden, die von Sona bunt bemalt abgehen wie warme Semmeln – sogar zu einem erheblich höheren Preis.

Und nun habe ich mir die germanische Mythologie vorgenommen, die ich als Räuchermännlein anbieten will. Zuerst schnitze ich den einäugige Wotan, weil er der wichtigste germanische Gott ist. Auf seine Schultern setze ich die beiden Raben, die Sona schwarz anmalt. Bei den Wölfen schnitze ich nur die Köpfe, die Körper malt Sona einfach auf das Gewand. Auf Wotans Kopf setzen wir einen goldenen Helm mit Hörnern und sind überaus zufrieden mit dem Ergebnis.

Als nächstes fertige ich Thor. Sona verpasst ihm ein knallrotes Frauenkleid und malt darauf einen winzigen Stier, der mich überhaupt nicht begeistert. Doch kaum habe ich das Foto ins Internet gestellt, erhalte ich mehrere Bestellungen.

„Sona, du bist mein Glücksbringer. Dich lasse ich nicht mehr weg!", verkünde ich und sie stimmt lachend ein.

Jetzt wollen wir den Meeresriesen Ägir darstellen und Sona schlägt vor, ihm eine Schnecke auf den Kopf zu setzen. Ich habe schon immer gern geschnitzt, doch noch nie hatte ich so viel Freude an meiner Arbeit wie jetzt gemeinsam mit Sona.

„Weißt du, warum ich so gern ausgehe?"

Schaut mich interessiert an. Sie wirkt immer wach und begierig auf alles, was ich sage.

„Ich studiere Leute, ihre Gesichter, ihre Mimik und stelle mir ihre Charaktere vor."

„Genau wie ich!", ruft sie begeistert aus. „Die Menschen zu beobachten ist mir die größte Freude überhaupt."

„Ich brauche das."

„Ich weiß", stimmt sie lächelnd zu. „Deshalb wirken deine Figuren so lebendig. Du hast die seltene Gabe, ihnen das Traurige, Böse, Gehässige oder Liebevolle einzugeben."

*****

Angefangen hatte alles, als meine Großeltern ihre Kastanie fällen lassen mussten. Sie war zu groß geworden und nahm den Pflanzen in ihrem Garten das Licht. Außerdem schien sie von Pilzen befallen, denn die Rinde und auch die Blätter verfärbten sich dunkel. Mein Opa verfeuerte das kranke Holz und bat mich, den dicken Stamm und die starken Äste kleinzuhacken. Er hatte nicht mehr die Kraft dazu, doch er wollte die guten Stücke einem Verwandten geben, der Figuren schnitzt. Ich nahm also Opas Axt und schlug wild drauflos.

„Soll das ein Schwein werden?", erkundigte sich ein Nachbarskind.

Ein Schwein? Ich konnte kein Schwein erkennen.

„Hier!"

Das Kind wies mit der Hand auf den Stumpf, der tatsächlich mit etwas Fantasie einem Schweinekopf ähnelte. Ich holte ein Küchenmesser und schnitt hier und da an dem Holzstück herum. Dabei merkte ich, wie weich und nachgiebig die Kastanie war und wie leicht sie sich bearbeiten ließ. In diesem Moment wusste ich, dass ich schnitzen wollte wie einer meiner Vorfahren im Erzgebirge.

Das Erzgebirge ist das größte geschlossene Volkskunstgebiet in ganz Deutschland. Dazu zählen die Volksdichtung, das Liedgut, Klöppeln und Strohflechten. Am bekanntesten aber sind weltweit die geschnitzten Figuren, die sich zumeist auf den Bergbau beziehen und besonders während des Advents jedes Haus schmücken. Es gibt wohl keine schönere Zeit als den Advent im Erzgebirge.

*****

Opa freute sich, als ich ihn bat, mir etwas Holz zu überlassen, weil ich schnitzen lernen wollte. Ich habe das zwar nicht gelernt, doch probieren geht bekanntlich über studieren. Nur hatte ich keine Lust, Bergmänner, Nussknacker, Pyramiden oder Schwibbögen schnitzen. Mir schwebten moderne Figuren vor mit einem gewissen Witz.

Zuerst fertigte ich Obst in natürlicher Größe. Äpfel, Birnen, Bananen, Pfirsiche und eine Zitrone. Das war leicht und ich gewann immer mehr Übung. Also wurde ich mutiger und schnitzte lustige kleine Kobolde, die verschiedene Berufe darstellten wie einen Maler, Angler, Musiker und sogar einen Kirchenvertreter. Die verkauften sich von Anfang an gut. Dann nahm ich mir die Märchen vor: Rotkäppchen mit dem Wolf, Schneewittchen und die sieben

Zwerge, Hänsel und Gretl mit der Hexe, Drachen und diverse Fantasiegestalten. Zuletzt schnitzte ich einen Sultan mit langem Bart und einem Turban auf dem Kopf und zeigte ihn stolz Laura.

„Die Nase ist viel zu übertrieben lang", kritisierte sie.

Laura war schon immer unangenehm kritisch und brachte mich damit manchmal zur Weißglut, weil es in der Kunst um die Idee geht, um Fantasie und nicht um die richtigen Proportionen. Aber ich hatte keine Lust, mich zu erklären oder gar zu rechtfertigen, sondern zog es vor, mit einem Witz ihre Nörgelei zu entschärfen.

„Wie die Nase des Mannes, so sein Johannes", scherzte ich lachend.

„Du bist so primitiv sexistisch wie alle Männer", fauchte sie und ging türenschlagend davon.

„Was ist in dich gefahren?", rief ich ihr nach, doch sie reagierte nicht.

Primitiv sexistisch? Primitiver Sex ist immer noch guter Sex. Denn Lust sollte keine gut durchdachte Sache sein, sondern Urbedürfnisse befriedigen. Laura ist viel zu kontrolliert, um überhaupt zu wissen, was guter Sex ist. Dazu gehören immer noch zwei. Also schenkte ich dem Sultan und seinem Johannes eine Suleika, eine ohne Gesicht, das hinter einer Burka, einem Ganzkörperschleier, versteckt ist.

Diese Figur brachte Laura erst recht in Rage.

„Jede Religion hat ihre Würde, über die man sich nicht lustig machen darf", belehrte sie mich.

Sie soll ihre Kita-Kinder belehren, aber nicht mich! Als Künstler darf ich sehr wohl meine Ideen ausleben, zumal die Darstellung eines muslimischen Paares keineswegs herabwürdigend ist.

„Findest du einen gekreuzigten Jesus würdevoller?"

„Das ist ein religiöses Motiv", schnaubte Laura. „Du dagegen erhebst dich über andere Religionen. Deine Respektlosigkeit gehört bestraft!"

„Spinnst du jetzt komplett?"

Meine Figuren sehen ganz normal aus. Zwar war ich noch in keinem muslimischen Land, doch ich bin ein guter Beobachter. Zuschauen und Zuhören – das ist die Basis für jede Kultur.

„Mein Sultan bleibt wie er ist und auch seine Frau. Ich habe sie erfunden und außerdem sehen sie in ihrem Land auch nicht anders aus."

„Du machst dich lustig über Flüchtlinge!", stellte sie fest.

„Wie kommst du auf solch eine absurde Idee?"

Wusste sie besser als ich, was ich mit meinen Figuren ausdrücken wollte?

„Du gehst jetzt mit mir zu einer Demo in der Stadt! Wir kämpfen für Menschenrechte."

Um Rechte sollte man nicht kämpfen. Ein Kampf ist niemals etwas Gutes. Außerdem sind Bürgerrechtler rechthaberische streitsüchtige Menschen, die Andere zum Mitstreiten anstiften. Laura ist ein Opfer ihrer Vorurteile. Wer glaubt, für den Frieden in der Welt sorgen zu können, ist naiv, zumal sie sich nicht einmal mit uns drei Leuten hier in der WG verträgt und nur ihre eigene Meinung für die einzig richtige hält. Dabei hat jeder von uns seine persönliche Sicht auf die Welt, was in Ordnung ist.

Ich fragte etwas höhnisch, um wessen Rechte sie dieses Mal kämpfen.

„Wir wollen auf die missliche Lage der Flüchtlinge aufmerksam machen und du gehst mit! Ich erwarte von dir, dass du dich politisch engagierst."

Das mache ich ganz sicher nicht. Ich habe meine Meinung, doch ich halte mir jede Gruppe vom Hals und bewahre Distanz.

„Ich sehe keine missliche Lage. Sie werden sehr gut umsorgt, vielleicht sogar übertrieben gut."

Ich habe keine Ahnung, wie Asylanten in unserer Stadt leben, weil mich dieses Thema nicht wirklich interessiert. Doch ich habe gehört, dass sie eine Wohnung, Essen und auch Geld bekommen. Ich habe nichts gegen Fremde. Man sollte ihnen allerdings erlauben zu arbeiten und sich und ihre Familien selbst zu versorgen.

„Du Nazi!", schrie Laura ganz außer sich. „Deine blöden Figuren kannst du dir in den Arsch schieben!"

Sie stürmte davon und stieß derart heftig mit dem Fuß gegen die Tür, dass sie krachend zuschlug.

Was war nur los mit ihr? Ich hatte ihr nur meine Figuren gezeigt. Natürlich möchte ich, dass sie ihr gefallen. Falls nicht, bin ich zwar enttäuscht, aber nicht verärgert. Mich macht nur wütend, dass sie mir eine Absicht unterstellt, die mir im Leben nicht in den Sinn kam.

Nachdenklich drehte ich meine kleine Moslemfrau in den Händen hin und her und konnte nichts Rassistisches daran erkennen. *In den Arsch schieben* wiederholte ich Lauras böse Worte und hatte plötzlich eine Idee: Ich verpasste dem Hintern der Figur einen Schlitz, aus dem ich eine kleine Münze herausschauen ließ.

Als Laura dies sah, rastete sie völlig aus.

„Leute wie dich kenne ich! Du willst mit deiner Figur ausdrücken, dass die armen Flüchtlinge alles umsonst bekommen ohne jede Gegenleistung. Mit dir bin ich fertig! Endgültig!"

Sie knallte die Tür mit solch einer Wucht zu, dass gleich mehrere meiner Arbeiten umfielen. Ich war wie vor den Kopf geschlagen, zumal sie mir keine Gelegenheit gab zu antworten. Sie wollte kein Wort hören und stellte mich vor vollendete Tatsachen. Sie mag mich nicht, weil sie meine Figuren nicht mag. Dabei bin ich der gleiche Mensch wie immer. Außerdem muss ich mich als Künstler weder an die Realität noch an bestimmte Normen halten, das ist künstlerische Freiheit. Das verstand Laura nicht. Sie verstand *mich* nicht und hat in ihren

Wutanfällen alles zerstört, was ihr lieb ist. Und das verstehe *ich* wiederum nicht.

Jetzt ist sie fort, ausgezogen samt ihrer tausend Schachteln und Döschen im Bad. Auch ihr Zimmer ist leer. Eigentlich sollte ich froh darüber sein, denn sie rauchte wie ein Schlot. Zwar ging sie dafür auf den Balkon und überdeckte den Geruch nach kalter Asche mit Duftsprays, die fast noch schlimmer stanken. Am widerlichsten fand ich ihre Lieblingsdüfte Lilie oder Zimt.
Ich vermisse Laura nicht, doch mir fehlt das Geld. Deshalb muss ich mich schleunigst nach einem neuen Mieter umschauen. Vermutlich wird auch Sona nicht mehr lange hier sein, denn sie verdient gut und will sicher bald in eine eigene Wohnung ziehen.

*****

Inzwischen hat Sona mein geschnitztes Obst bemalt, das nun kaum noch von echtem zu unterscheiden ist. Als besonderen Gag haben wir jedem Stück einen Wurm oder eine Fliege verpasst, der Banane sogar eine kleine grüne Eidechse.
Sona hält mir den Holzapfel vor die Augen.
„Ist es nicht eine wirklich sinnlich verführerische Frucht? Wer davon abbeißt, wird sündigen wie Adam und Eva." Sie tut so, als beißt sie in den ge-

schnitzten Apfel. „Willst auch du sündigen?"

Kokett lächelt sie mich an.

„Sündigen heißt, dass man etwas tut, was man eigentlich nicht tun dürfte."

„Das heißt: wir dürfen?", fragt sie mit unschuldiger Miene und blinzelt mir zu.

Und schon streift sie ihr Oberteil ab und lässt es achtlos fallen. Es ist unglaublich, wie unersättlich diese kleine Frau ist.

Anschließend liege ich schwer atmend im Bett, während Sona mit ihren Fingern Kreise auf meiner Brust malt.

„Du solltest unbedingt Freya schnitzen. Sie ist die Göttin der Liebe und Ehe."

Sona betont besonders die Worte Liebe und Ehe und blinzelt mir dabei vielsagend zu. Ich mag derartige Anspielungen nicht. Wahre Liebe gibt es nur im Film und eine Heirat ist komplett unnütz. Vielleicht lieben sich alte Leute, die mit dem Leben abgeschlossen haben und keine andere Wahl mehr haben.

„Nein, Freya ist die Göttin der Katzen", antworte ich verstimmt.

Frauen sind wie Katzen, falsch und durchtrieben. Falls ich sie doch schnitze, werde ich eine miese kleine Nutte mit nackten Brüsten darstellen und ihr Katzen in beide Arme legen. Während ich mir Gedanken über Freya mache, hat Sona bereits die nächste Idee.

„Frauen würden Sternzeichenfiguren kaufen oder Schutzengel."

Also Engel möchte ich nicht schnitzen. Das ist mir zu kitschig. Doch Sona erklärt, dass es für jedes Sternzeichen einen eigenen Schutzengel gibt. Ihrer heißt Zadkiel.

Während ich darüber nachdenke, ob und wie ich diese Idee verwerten könnte, schlägt sie vor: „Oder du könntest verschiedene Rassen fertigen!"

Spricht sie von Tieren oder Menschen? Verschiedene Hunde oder Kühe ließen sich gut fertigen. Doch könnte ich diese auch leicht verkaufen?

„Einen Russen zum Beispiel mit seiner Pelzmütze und der Wodkaflasche, eine Armenierin ...", sie richtet sich im Bett auf und zeigt kokett auf ihre nackten Brüste, „... in ihrer rotweißen Tracht oder einen Nenzen im langen Pelzmantel mit Stiefeln oder ..."

„Genug!" Ich nehme Sona fest in meine Arme und küsse sie. „Später vielleicht. Doch jetzt nehme ich mir diese Liebesgöttin vor."

Ich werfe sie etwas unsanft aufs Bett, worüber sie kichert und sofort ihre Arme um mich schlingt.

In Sona habe ich eine wunderbare Freundin gefunden. Sie hat einen wachen Blick für Menschen und Dinge und auch für die Kunst. Stundenlang kann ich mit ihr über Gemälde sprechen. Oder über Musik und Konzerterlebnisse. Ich gehe sogar gern mit ihr einkaufen, obwohl es meist recht lange dauert. Denn sie analysiert leidenschaftlich gern fremde Einkaufswagen und prüft, ob die Einkäufe zu den Kunden passen, obwohl sie diese gar nicht kennt. Sie ordnet ihnen Berufe und Charaktereigenschaften zu, worüber ich mich köstlich amüsiere. Und sie hilft mir, meine Figuren zu gestalten und zu verkaufen. Ich mag sie sehr, doch ich liebe sie nicht.

*****

Meine Figuren verschicke ich als Briefpost in Luftpolstertaschen. Das ist preiswert, spart viel Arbeit und Geld beim Verpacken und Versenden. Ich habe mir einen Einheitspreis von 29,90 Euro ausgedacht inklusive Versand. Von Oktober bis Dezember komme ich normalerweise gut über die Runden, ansonsten läuft der Umsatz eher mau, zumal es zur Zeit kaum Veranstaltungen gibt, auf denen ich meine Sachen präsentieren kann. Es hieß, dass Künstler eine staatliche Unterstützung bekommen für fehlende Einnahmen. Dazu musste ich meinen Umsatz vom letzten November belegen und unglaublich viel Papier ausfüllen. Man sagte mir, dass mir möglicherweise eine einmalige Zahlung von etwa tausend Euro zusteht, die ich nicht zurückerstatten müsste. Das freut mich zwar, doch ist es kein Ersatz für ein ganzes Jahr fehlende

Ausstellungen. Die Leute werden mich vergessen, wenn ich nur noch im Internet zu finden bin. Doch wer sollte mich da finden? Mal verkaufe ich nur ein einziges Stück pro Woche, ein anderes Mal sogar zwanzig, doch nie nehme ich mehr als fünfhundert Euro pro Monat ein. Das Holz kostet mich zum Glück nichts, aber die Farbe. Im Januar wird der Verkauf vermutlich ganz einbrechen und Rücklagen habe ich keine. Seit Laura ausgezogen ist, habe ich nur noch 320 Euro Mieteinnahmen und bin jedes Mal froh, wenn Sona für uns kocht.

Leider bin ich nicht in der glücklichen Lage wie Alex, dessen Vater die Monatsmiete übernimmt und ihm zusätzlich jeden Monat einen Tausender zusteckt. Was macht er mit so viel Geld? Er geht kaum aus und kauft sich keine teuren Anzüge oder Schuhe. Spart er es auf für später? Er sollte lieber heute leben, denn man weiß nie, wie lange das funktioniert.

Meine Eltern starben bei einem Unfall, kurz nachdem wir in diese frisch renovierte Altbauwohnung zogen. Ich brauche so viel Platz gar nicht und kann auch die 860 Euro Miete nicht allein aufbringen. Ich war auf der Suche nach einer kleineren Bude und fand Laura. Sie war von meiner großen Wohnung begeistert und brachte mich auf die Idee, eine WG (Wohngemeinschaft) zu gründen. Sie zog selbst in die Stube, das größte Zimmer mit Balkon, weil sie raucht.

Laura. Manchmal fehlt sie mir, sogar ihre bissige Kritik. Meine Freunde sagen, ich soll froh sein, dass ich sie los bin, sie sei kalt und egoistisch. Mag sein. Doch mit einem Egoisten lebt es sich leicht. Sie machen ihr Ding ohne Rücksicht auf Verluste, sie klammern nicht wie meine früheren Freundinnen. Auch Sona klammert. Irgendwann wird sie von Hochzeit und Kindern sprechen; sie machte heute schon eine Andeutung über die Göttin Freya, die Liebe und die Ehe. Laura dagegen hält nichts vom Heiraten, obwohl ich sie vermutlich irgendwann geheiratet hätte. Sie glaubte nicht, dass ein „Zettel", womit sie die Heiratsurkunde meinte, eine Beziehung rettet. Mit ihr konnte ich mir sogar Kinder vorstellen. Doch Laura will keine Kinder.

„Kinder?", rief sie entsetzt aus. „Um Himmels Willen! Ich plage mich den ganzen Tag mit ihnen und ertrage sie nicht auch noch in meiner Freizeit."

„Warum hast du einen Beruf gewählt, der dir offenbar keine Freude macht?", wollte ich wissen.

„Ich kenne niemanden, der Freude an seiner Arbeit hat. Man *muss* arbeiten, um Geld für sein Leben zu haben."

„Aber warum ausgerechnet Erzieher, wenn du keine Kinder magst?"

„Warum? Ganz einfach: Sie werden überdimensional gut bezahlt. Außerdem sind die täglichen Arbeitszeiten eine gute Stunde kürzer als in anderen Berufen."

Das sind nachvollziehbare rationale Argumente, doch glücklich machen sie ganz sicher nicht. Machen die meisten Menschen nicht immer etwas anderes, als sie eigentlich machen sollten? Vielleicht ist das der Grund für ihre ständige Unzufriedenheit.

Laura ging aus, wenn sie es wollte und sagte mir nicht, wohin und mit wem und auch nicht, wann sie zurück ist. Sie verschloss ihr Zimmer, wenn sie ihre Ruhe wollte und öffnete auch dann nicht ihre Tür, wenn ich an diese klopfte. Ihr war es gleichgültig, ob ich daheim war oder ausging und mit wem. Sie war nie eifersüchtig. Sie aß, wenn sie Hunger verspürte, eine Scheibe Käse aus der Hand oder ein paar Chips und trank Bier aus der Flasche. Normal komplette Mahlzeiten hielt sie für Zeit und Geldverschwendung. Sie drückte jedem unverblümt ihre Meinung auf, rauchte wie ein Schlot und trank Unmengen an Wein und Cocktails. Uns ging sie mit ihrem zwanghaften Ordnungssinn auf die Nerven. Kein Topf durfte auf dem Herd stehenbleiben, obwohl sie sich nie in der Küche aufhielt. Jeder Schuh musste gerade ausgerichtet im Regal stehen und die Jacken auf Bügel hängen.

Und doch: Ich vermisse sie sehr.

Laura

Endlich bin ich frei! Ich will mein eigener Herr sein! Sagt eine emanzipierte Frau wie ich eigener *Herr*? Eher nicht. Florian fing an, Ansprüche zu stellen. So etwas mag ich gar nicht. Ich will selbstbestimmt leben. Dazu brauche ich keinen Mann. Und schon gar keinen, der sich über Flüchtlinge lustig macht.

Außerdem geht mir diese Russin auf die Nerven, die Alex angeschleppt hat. Sie hält sich offenbar für besonders klug, weil sie Sprachen spricht. Na und? Wer´s braucht … Ich brauch´s nicht. Zudem kocht und backt sie jeden Tag Unmengen fremdartiges Zeug, wonach die gesamte Wohnung stinkt. Stundenlang köcheln Schweinefüße oder Lamm in diversen Brühen und werden Fladen in riesigen Pfannen gewendet. Sie tut, als wäre es ihre Küche. So geht das nicht! Wenn ich im Gemeinschaftsraum bin, will ich keine Kochtöpfe sehen. Außerdem ernähre ich mich gesund und verzichte auf Fleisch. Mir reicht ein Joghurt oder eine Scheibe Käse. Um das Essen machen sie ein Theater, als hätte es eine höhere Bedeutung, als einfach nur satt zu machen.

Zu allem Übel erwartet Sona, dass wir uns alle gleichzeitig an den Tisch setzen und gemeinsam essen. Sie stammt aus einem rückständigen Land, wo noch die mittelalterlichen Sprüche gelten wie: „Es wird gegessen, was auf den Tisch kommt!" oder „Wir fangen gemeinsam an und hören gemeinsam auf." Ich als studierte Erzieherin weiß, dass derartig veraltete Vorstellungen den Kindern die Freude und den Genuss an den Mahlzeiten nehmen. Jeder sollte selbstbestimmt und an den eigenen Bedürfnissen orientiert essen. Ich esse, wenn ich Hunger habe und nicht, wenn Madame kleine Beffis und Fladen auftafelt und so gescheit über Literatur, Philosophie und Kunst redet, was keinen Menschen weiterbringt.

Zuletzt fand ich kaum noch Platz im Kühlschrank wegen all der vielen Zutaten, die Sona zum Kochen braucht. Natürlich habe ich darauf hingewiesen, dass jeder von uns das Recht auf sein eigenes Fach im Kühlschrank hat. Doch die beiden Männer waren froh, von Sona bekocht zu werden und verlangten sogar, ich solle monatlich eine Art Wirtschaftsgeld beisteuern. Wie komme ich dazu? Ich habe sie nicht gebeten, mich zum Essen einzuladen. Geschmeckt hat es mir immer, doch gesund war das mit Sicherheit nicht.

Ganz am Anfang, als ich zu Florian zog, lief das Leben in der WG normal ab. Jeder hatte sein Zimmer und ließ mir als einziger Frau den Vortritt im Bad. Doch kaum war ich einmal mit Florian im Bett, faselte er von Gemeinsamkeiten. Doch ich bestand auf meinem eigenen Zimmer, in dem er nichts zu suchen hatte. Ich habe nichts gegen etwas Sex hin und wieder, doch danach soll er verschwinden. Ich brauche mein Bett für mich allein und habe nicht vor, für ihn zu kochen und zu waschen und werde nicht wie ein altes Ehepaar mit ihm zusammen am Tisch sitzen und zu Abend essen.

Jetzt habe ich meine eigene Bleibe und kann mich ganz nach Gutdünken ausbreiten. Das hätte ich schon viel früher machen sollen. Wichtig war mir vor allem eine abgeschlossene Küche mit Balkon, wo ich rauchen kann. Und falls ich doch einmal kochen sollte, stinkt es nicht in der gesamten Wohnung.

Die Kaffeemaschine aus der WG habe ich mitgenommen, weil alle plötzlich nur noch Sonas türkischen Kaffeesatz trinken wollten. Dazu erhitzte sie kaltes Wasser mit Zucker und dem Kaffeepulver. Nein, solch eine Plörre trinke ich nicht. Schon gar nicht mit ungesundem Zucker. Ich nehme meine Kaffeetasse in die Hand und in die andere eine Zigarette und setze mich hinaus auf den Balkon. Hier fühle ich mich ebenso geschützt wie in der Wohnung, weil mich keiner sehen kann. Denn meine erste Aktion war ein hoher Sichtschutz, damit mich weder Nachbarn noch die Leute von der Straße beobachten können.

Auch jetzt sitze ich draußen auf dem Balkon, obwohl es recht kalt ist. Doch die Sonne scheint und ich halte ihr mein Gesicht entgegen. Dabei denke ich an das Gespräch mit dem Anwalt. Er meinte, ich könne nicht gegen Florian klagen, weil es dafür keine Grundlage gäbe. Eher müsse ich mit Nachforderungen rechnen wegen meines plötzlichen Auszugs.

„Was heißt hier plötzlich? Bei diesem Nazi hätte ich keinen Tag länger wohnen können!"

Der Anwalt horchte interessiert auf, griff nach Stift und Papier und wollte Details wissen.

„Mein Vermieter machte sich über Flüchtlinge lustig und schnitzte obszöne Figuren."

„Sehr gut. Ich notiere mir das für den Fall der Fälle, falls er klagen sollte. Doch als Rechtsradikaler hat er keine Chance zu gewinnen."

Florian wird nicht klagen, er ist kein Geschäftsmann, verlangte viel zu wenig Miete von uns. Ich hätte die Miete einfach durch vier geteilt und für jeden von uns auf mindestens 250 Euro aufgerundet. Immerhin verbrauchten wir auch Strom, Wasser und Heizung.

Der Anwalt erwähnte, dass er vor allem für Asyl- und Ausländerrecht tätig sei und riet mir, mich bei der Caritas als freiwilliger Flüchtlingshelfer anzumelden.

Ich zeigte mich interessiert, doch in Wirklichkeit denke ich nicht im Traum daran. Mein Job in der Kita ist anstrengend genug. Meist muss ich bereits

8 Uhr in der Einrichtung sein und bin selten vor 16 Uhr daheim.

*****

Ich habe früh meine Mutter verloren und kann mich kaum noch an sie erinnern, zumal ich nicht einmal ein Foto von ihr besitze. Weder mein Vater noch meine Oma sprachen jemals über sie. Ich weiß nicht, wann und warum sie uns bzw. mich verließ. Hat sie einen anderen Mann gefunden und mit ihm andere Kinder, die sie nicht verlässt? Oder ist sie gestorben und woran? Gibt es ein Grab oder eine Adresse? Ich kenne nur ihren Namen: Helene. So heißt heutzutage niemand mehr.
Ich war viel allein, weil mein Vater arbeiten musste. Er fährt einen der Stadtbusse und kann sich keinen schöneren Beruf vorstellen. Wenn er Frühdienst hatte, stellte er mir anfangs mein Frühstück in die Küche, später musste ich mich selbst darum kümmern. Das fiel mir nicht so schrecklich schwer wie die Spätschicht, in der ich den ganzen Nachmittag und Abend allein war und auch allein ins Bett gehen musste. Ich weiß noch, wie sehr ich mich immer fürchtete, wenn es dunkel wurde. Ich schaute in jeden Schrank, ob nicht ein Gespenst darin lauert, das mir etwas antun würde. Und ich verschloss jede Tür und jedes Fenster, obwohl wir im zweiten Stock wohnten. Meist spielte ich, dass

alle meine Puppen und der Teddy Kinder waren, deren Mütter verschwunden sind. Vermutlich bin ich deshalb Erzieherin geworden. Leider habe ich erst viel später gemerkt, dass ich Kinder gar nicht mag. Sie sind kleine Ungeheuer, andere Wesen, seltsam und nicht mit erwachsenen Menschen vergleichbar.

*****

Recht bald brachte Vater eine neue Frau mit nach Hause, die ich Mutti nennen sollte. Das tat ich natürlich nicht, weil sie nicht meine Mutter war. Ich nannte sie einfach bei ihrem Vornamen Claudia und konnte sie vom ersten Moment an nicht leiden. Zwar war ich nun nicht mehr allein, doch ich hatte auch keine Freiheiten mehr. Claudia war Lehrerin und bereits am frühen Nachmittag daheim. Sie kontrollierte penibel meine Hausaufgaben und ließ mich oft ganze Aufsätze noch einmal schreiben. Ich musste den Müll entsorgen, Staub wischen, die Waschbecken putzen und mein Zimmer in Ordnung halten. Alles kontrollierte sie nach. Sie öffnete meine Schränke und warf die Wäsche auf den Boden, damit ich alles *ordentlich* gefaltet neu stapelte. Alles hatte seinen Platz und musste genau dort zu finden sein: Schuhe, Handtücher, Taschen, Wäsche, Bücher – einfach alles. Täglich kontrollierte sie den Abfalleimer, ob ich nicht einen Joghurtbe-

cher hineingeworfen hatte, ohne ihn vorher auszu-
waschen. Beim kleinsten Vergehen verordnete sie
Strafaufgaben.

Mein Vater konnte mir nicht helfen. Wenn ich mich
bei ihm beschwerte, empfahl er mir zu gehorchen,
um Ärger zu vermeiden. Einmal hörte ich, dass er
Claudia bat, mich mehr Kind sein zu lassen. Da-
raufhin schrie sie ihn an, dass sie die Fachkraft sei
und besser wisse als er, was gut für ein Kind ist.

Gut für ein Kind ist ihrer Meinung nach neben der
Ordnung das Lesen. Doch nicht etwa Kinderbücher
wie zum Beispiel die Ponyhofgeschichten. Ich sollte Weltliteratur lesen. *Schuld und Sühne* von
einem Russen, dessen Namen ich mir nie merken
konnte. Um ihre Bücher machte sie ein Riesen-
theater. Sie hatte alle alphabetisch nach Autoren
sortiert und merkte sofort, wenn eines davon falsch
eingeordnet war. Ich fand kein einziges, das ich
freiwillig lesen wollte, denn es gab keinen Krimi
und schon gar kein Fantasie, auch keine ganz nor-
malen Liebesgeschichten. Sie erwartete, dass ich
Shakespeare und andere englische Literatur in
Originalsprache lese, weil Englisch bereits in der
Grundschule gelehrt wird. Das tat ich natürlich
nicht. Ich habe seitdem überhaupt nicht mehr gelesen, nur noch Bücher, die ich für meine Ausbildung
und Arbeit brauchte, denn Lesen gehört für mich
nicht zum Vergnügen, sondern zur Arbeit.

Bei uns war alles geregelt, der gesamte Tag lief wie ein unveränderbarer Fahrplan bei der Bahn ab. Die Mahlzeiten wurden immer zur festgelegten Zeit eingenommen, Ausnahmen gab es keine. Claudia kochte niemals ein warmes Essen. Am Abend gab es immer Graubrot mit Käse oder Wurst. Sie schnitt Wurst und Käse in hauchdünne Scheiben vor und erlaubte mir nicht, mit dem Messer etwas großzügiger abzuschneiden. Vielleicht ist das der Grund, weshalb ich so gern eine dicke Scheibe Käse aus der Hand esse und mit Genuss in sie hinein beiße. Samstags holte Vater Döner, wenn er nicht arbeiten musste und Sonntags aßen wir im nahen Gartenlokal zu Mittag. Immer.

Jeden Abend ging Claudia pünktlich 21:45 Uhr von Tür zu Tür und löschte das Licht, gleichgültig, ob ich noch im Badezimmer war, am Tisch saß oder bereits im Bett lag. 20 Uhr musste im ganzen Haus absolute Ruhe herrschen, weil sie Nachrichten im TV schaute und dabei nicht gestört werden durfte.

Morgens 7 Uhr und gegen Abend um 18 Uhr wurde Durchzug gemacht. Alle Fenster standen zehn Minuten lang sperrangelweit offen; nicht neun, nicht elf, sondern exakt zehn Minuten lang.

Vater ertrug die Regeln seiner Frau mit stoischer Ruhe. Er beschwerte sich nie und verlangte nichts von ihr. Dafür beklagte sie sich nahezu rund um die Uhr. Über mich und über Kopfschmerzen. Ich habe früh gelernt, auf Durchzug zu schalten, und schaffte es recht schnell, ihr Gejammer überhaupt nicht mehr zu hören.

Claudia war zu Anfang sehr schlank gewesen. Doch ab etwa ihrem vierzigsten Lebensjahr nahm sie stetig zu. Zuerst wirkte sie dadurch gesünder als je zuvor. Zehn Jahre später hatte sie überhaupt keine Figur meine. Keine Taille, dafür einen Bauch, der rund wie eine Tonne direkt unterhalb der Brust begann.
Ich will niemals so fett wie Claudia werden. Sie behauptet, im Alter werden alle Frauen dick und immer dicker. Aber ich glaube, sie lässt sich einfach nur gehen.

*****

Kurz vor Abschluss der Realschule wurde ich achtzehn und feierte ganz allein mit einer Flasche Sekt. Claudia hatte mir nicht erlaubt, Freundinnen einzuladen. Ausgehen durfte ich auch nicht wegen eines kleinen Vergehens, an das ich mich nicht mehr erinnere. Als Claudia mich zum Abendessen rief, regierte ich nicht. In meiner Enttäuschung und Wut schwor ich, ihr ab heute die Stirn zu bieten. Sie stürmte in mein Zimmer und blieb wie angewurzelt stehen.
„Du trinkst Sekt?", schrie sie empört.
„Warum nicht?"

„Das ist Alkohol!"

„Ich weiß."

„Alkohol ist Gift und zerstört dein Gehirn! Das weiß jedes Kind."

Zum ersten Mal in meinem ganzen Leben habe ich sie offen ausgelacht und außerdem belehrt: „Ich bin kein Kind mehr und weiß, das Alkohol Thrombose vorbeugt, langfristig auch Herzinfarkt, Schlaganfall und Diabetes. Sekt ist veredelter Wein und Wein aus gesunden Trauben, Bier aus Getreide und Wodka aus Kartoffeln."

Claudia sah aus, als ob sie mir im nächsten Moment eine Ohrfeige verpassen wollte. Wenn sie das gewagt hätte, hätte ich zurückgeschlagen. Das hat sie mir wohl angesehen.

„Putze dir wenigstens die Zähne und spüle den Mund gründlich aus, damit die widerliche Alkoholfahne verschwindet! Dann kommst du zu Tisch!"

Das habe ich nicht gemacht. Wenn ich damals bereits Zigaretten gehabt hätte, hätte ich mir sofort eine angesteckt.

Ich überlegte, welchen Beruf ich ergreifen soll. Es musste etwas sein, wo es nicht allzu viel zu lernen gab. Verkauf und Gastgewerbe kam auch nicht in Frage, denn ich wollte nicht dienen, sondern endlich einmal bestimmen. Nicht nur über mich selbst, auch über andere. Schließlich meldete ich mich in der Sozialakademie für eine Ausbildung zur Erzieherin an.

„Kannst du nicht etwas *Richtiges* lernen, anstatt den ganzen Tag mit fremden kleinen Kindern zu spielen?", giftete Claudia.

„Dir ist schließlich auch nichts Besseres eingefallen!", konterte ich.

Claudia schnappte vor Zorn nach Luft. Aus ihrem Mund quollen kleine weiße Bläschen, was ich eklig fand.

Natürlich weiß ich, dass es zwischen einem Oberschullehrer und einer Erzieherin im Kindergarten einen Unterschied gibt. Doch sie sollte sich darauf nicht so viel einbilden.

Ich wollte so schnell wie möglich von daheim weg – egal, wohin. Genau zu diesem Zeitpunkt lief mir Florian über den Weg, der eine große Wohnung hatte, aber nicht genug Geld für die Miete. Deshalb schlug ich ihm vor, mir ein Zimmer zu überlassen, das ich mir vom reichlichen Lehrgeld locker leisten konnte.

*****

Und nun habe ich seit einer guten Woche meine eigene Wohnung: zwei Zimmer, Küche mit Balkon und Bad.

Es klingelt. Wer könnte mich an einem Samstag Mittag besuchen wollen? Claudia hat sich angekündigt, doch diese Person lasse ich nicht herein.

Sie würde überall herumschnüffeln, Schranktüren öffnen und ständig etwas auszusetzen haben.

Ich höre direkt ihre unangenehme Stimme: „Kind, so geht das nicht!"

Sicherheitshalber laufe ich auf den Balkon und schaue in den Spiegel, über den ich die Haustür im Blick habe. Zur Klingelanlage gehört zwar eine Kamera, doch die zeigt nur einen verschwommenen Ausschnitt vom Gesicht. Unten steht niemand.

Es klopft an meine Wohnungstür. Durch den Spion sehe ich eine mir völlig fremde Frau. Was will sie von mir?

„Ich bin die Fanny!", schreit sie gegen die Tür. „Die Nachbarin aus dem zweiten Stock."

Fanny. So ein blöder Name! Viel Englisch aus der Schule habe ich nicht behalten, doch was die Engländer und Amerikaner mit Fanny bezeichnen, lernt man quasi zuerst und vergisst es nicht mehr.

„Mach bitte auf! Es ist wichtig. Ganz wichtig!"

Also gut. Vor mir steht eine recht dicke junge Frau. Sie wippt nervös mit den Füßen und reibt ihre ohnehin schon rote Wangen.

„Meine Mama liegt im Sterben. Ich muss zu ihr."

Das tut mir leid und ich verstehe sofort, dass diese Fanny ihre Mutter besuchen will. Doch was habe ich damit zu tun?

„Ich kann die Anka nicht mitnehmen. Würdest du sie behalten?"

„Deine Tochter?"

Ich duze sie, obwohl ich sie nicht kenne, weil auch sie mich schon durch die Tür duzte.

„Nein. Meine Mädchen wollen mit zur Oma. Aber der Hund darf nicht ins Krankenhaus."

„Ein Hund?"

Ich mag Tiere, aber ich kenne mich mit Hunden nicht aus. Mit Kindern kenne ich mich aus, obwohl ich sie nicht mag.

„Anka ist ganz lieb. Wirklich! Sie macht keine Probleme. Ich gebe dir ihre Decke und die Leine. Du kannst mit ihr spazieren gehen, wenn du willst."

„Spazieren?"

Fanny schaut mit flehend an. Noch ehe ich etwas sagen kann, strahlt sie und ruft freudig: „Ich bin gleich zurück."

Keine zwei Minuten später kommt sie mit einem großen braunen Hund die Treppe herunter, der zitternd neben ihr stehen bleibt. Sie wirft eine Art Kissen in meinen Flur und drückt mir eine Leine in die Hand.

„Ich danke dir wie verrückt! Jetzt muss ich los."

Sie gibt dem Hund mit dem Fuß einen Schubs gegen die Hinterläufe, so dass er erschrocken nach vorn springt und neben mir im Vorsaal steht. Im gleichen Moment fällt die Tür hinter ihm zu.

Fanny ist weg, der Hund in meiner Wohnung.

Worauf habe ich mich nur eingelassen? Wenn das fremde Tier mich nun beißt? Ich werde es einfach hier im Flur stehenlassen und mich wieder vor den

Fernseher setzen.

Ich höre, wie der Hund auf den Fliesen oder an der Tür kratzt. Er winselt leise. Ob er mal muss? Ich springe vom Sofa und schaue nach, ob ich eine Pfütze entdecke, aber da ist zum Glück keine.

Anka drückt sich gegen die Wohnungstür und schaut mich ängstlich an. Das stimmt mich sofort milde. Der Hund kann nichts dafür, dass er bei mir bleiben muss und weiß nicht, was jetzt passiert. Ich beschließe, mit ihm in den nahen Park zu gehen.

Das Anleinen ist kinderleicht. Auch draußen läuft Anka brav bei Fuß. Das gefällt mir und ich schreite zufrieden aus. Der Hund bleibt stehen und kackt. Igitt! Das ist eklig und stinkt auch noch.

„He! Räumen Sie das weg!"

Meint der Typ mich?

„Ihr Hund hat auf den Fußweg geschissen!"

„Das ist nicht mein Hund", entgegne ich und gehe weiter.

„So eine Frechheit!", schimpft der Mann und macht Anstalten, mir zu folgen.

Ich lege einen Schritt zu und zerre an der Leine. Anka springt erschrocken zur Seite und bellt.

„Wenn Sie mich nicht in Ruhe lassen, hetze ich den Hund auf Sie!", drohe ich und eile weiter.

Im Park merke ich, dass Anka vor allem und jedem Angst hat. Sie geht Hunden aus dem Weg und weicht vor Menschen zurück. Sie würde mich nicht verteidigen, eher weglaufen. Doch das wusste der Mann von vorhin nicht und ist fluchend fortgegangen.

Ich überlege, ob ich tatsächlich den Haufen hätte wegräumen müssen. Andere Leute machen das auch nicht, denn überall sehe ich die Hinterlassenschaften der Hunde auf den Fußwegen. Erst viel später erfahre ich, dass es spezielle Beutel gibt, mit denen man die Kacke aufsammelt. Doch ich besitze solche Beutel nicht und wüsste auch nicht, wo ich sie entsorgen sollte. Nirgendwo gibt es Abfallbehälter und die Müllkübel sind wie bei mir daheim zugesperrt, nur Papiercontainer nicht.

Anka bleibt stehen und will nicht weiter. Uns kommt ein Mann mit einem riesigen zottigen Hund entgegen. Was soll ich machen? Der Weg ist so schmal, dass ich nicht ausweichen kann. Links ist ein steiler Hang zum Bach hinunter und rechts säumen Sträucher den Weg, deren Zweige bis fast zur Mitte ragen. Umkehren wäre albern. Also ziehe ich kurz und energisch an der Leine und gehe weiter. Das heißt, ich *will* weitergehen. Doch Anka stemmt sich mit aller Kraft dagegen.

Der Mann kommt näher und lacht, während sein Hund ruckartig den Kopf hebt und Anka fixiert, als wolle er sich im nächsten Moment auf sie stürzen.

„Können Sie nicht beiseite gehen?", rufe ich etwas

barsch und gleichzeitig ängstlich.

„Können kann ich schon, doch Wollen will ich nicht", antwortet er und lacht schon wieder.

Ein unangenehmer Typ. Sein Mund ist zu einem höhnisch herablassenden Grinsen verzogen. Meint er, ich habe Respekt vor einem Kerl, der im Anzug daherkommt? Irgendwie lächerlich! Die Jacke hat er zugeknöpft, obwohl sie viel zu eng ist und der Knopf gleich abspringen wird. Dafür trägt er den Mantel offen und darüber einen wuchtigen Schal. Am lächerlichsten sind seine weißen Sportschuhe. So aufgebrezelt würde ich im Leben nicht in den Park gehen, schon gar nicht mit einem furchterregend großen Hund.

Auf einmal habe ich das Gefühl, das alles schon einmal erlebt zu haben, genau diesen Park, den Mann und seinen Hund. Doch das ist unmöglich, da ich nicht sinnlos im Park herumspaziere und auch keine Leute mit ihren Hunden treffe. Ich weiß nur nicht, was ich machen soll, wenn Anka wie versteinert stehenbleibt und der arrogante Heini mit seiner bedrohlichen Bestie näher kommt.

„Hallo, junge Frau, die Anka tut nix!", ruft er mir zu.

Das weiß ich selbst. Doch woher weiß er, dass Anka Anka heißt und nichts tut? Er kennt sie also.

Inzwischen steht der Mann neben mir. Warum geht er nicht einfach weiter?

„Sitz!", befiehlt er leise.

Der Hund gehorcht, fixiert aber weiterhin Anka.

„Mein Benno mag die Anka, aber sie mag ihn nicht. Sie mag überhaupt keine Hunde, weil ihre Halterin alles falsch macht, was man nur falsch machen kann."

„Was kann man bei einem Hund falsch machen?", frage ich irritiert, obwohl ich das eigentlich gar nicht wissen will.

„Zum Beispiel quatscht sie ständig auf Anka ein, auch auf ihre Mädchen. Die müssen längst irre im Kopf sein."

Er mustert mich ungeniert von oben bis unten, als müsse er eine Bewertung abgeben.

„Das geht Sie gar nichts an!", blaffe ich.

Wieder lacht er sein freches Lachen und schaut mir direkt in die Augen. Das ist reine Bedrohung.

„Du! Hundehalter duzen sich."

Darauf sage ich nichts. Er soll einfach weitergehen und mich in Ruhe lassen.

„Die Anka kenne ich, aber ich kenne diesen reizenden Hundeführer nicht."

Du Schleimer wirst mich auch nicht kennenlernen, denke ich.

„Mein Name ist Veit. Veit Weigel, Anwalt."

Veit? Solch einen Vornamen habe ich noch nie zuvor gehört, obwohl ich im Kindergarten die seltsamsten Namen zu hören bekomme. Anwalt ist der Typ also und das muss er gleich heraushängen lassen. Widerlich!

Er beugt sich näher zu mir und säuselt verschwörerisch: „Scheidungsanwalt. Falls du Bedarf hast."

Ich habe keinen Bedarf, ich habe nur Wut auf diesen aufdringlichen Gockel. Manchmal ist es jammerschade, dass man Menschen nicht einfach eine scheuern darf. Jetzt wäre der richtige Augenblick dafür, obwohl er Anwalt ist.

Ich zerre an Ankas Leine und ziehe sie heftig hinter mir her.

„Nicht so derb! Mit Gefühl!"

Ich glaub, jetzt schmier ich ihm gleich eine. Aber ich halte die Leine in der linken Hand und habe leider nur meine rechte frei. Rechts bin ich ungeschickt und schwach, denn ich bin Linkshänder. Immerhin gelingt es mir, weiterzugehen. Ich bin so wütend, dass ich schreien könnte.

Dieser aufgespirzelte Gockel wagt es, mir Gefühle abzusprechen? Weiß er überhaupt, was Gefühle sind? Ich meine Gefühle für Menschen und nicht für einen Hund, den man kommandiert, ausführt oder einsperrt. Er sieht aus wie ein typischer Single, der noch nie etwas mit festen Beziehungen geschweige Kindern zu tun hatte. Ich dagegen plage mich jeden Tag mit fremden Plagen und deren Mütter. Mütter sind genauso furchtbar wie ihre Kinder, Väter eher locker. Doch dieser Typ ist nicht locker. Er hat einen Hund, einen großen gefährlichen Hund, den er dressiert.

Mir geht er den ganzen Nachmittag nicht mehr aus dem Kopf, was mich noch wütender macht.

Inzwischen wird es langsam dunkel. Wo nur Fanny bleibt? Sie hat nicht gesagt, wann sie zurück sein wird. Aber vielleicht wusste sie das nicht. Man weiß nie, wie lange das Sterben dauert. Anschließend muss sie sicher noch verschiedene Dinge klären, mit ihrem Vater und den Geschwistern sprechen. Hat sie überhaupt noch einen Vater und Geschwister? Ich habe nicht die leiseste Ahnung, weil ich weder meine Nachbarin noch deren Familie kenne. Ich schaue auf mein Handy, entdecke aber keine Nachricht von Fanny. Wo bleibt sie nur? Kann sie nicht kurz anrufen und sagen, was los ist? So langsam werde ich nervös. Und sauer. Nein, ich darf nicht ungerecht sein. Sie ist in einer schlimmen Situation und wusste sich in der Not keinen anderen Rat, als mich um Hilfe zu bitten, obwohl wir vorher noch kein Wort miteinander gesprochen haben. Wenn ich nun alles falsch mache mit ihrem Hund? Sofort fällt mir der blöde Kerl aus dem Park ein. Er sagte, dass auch Fanny alles falsch macht. Also macht es nichts, wenn ich etwas falsch mache. Der Hund ist das gewöhnt.

Kurz nach 21 Uhr gehe ich noch einmal mit Anka vor die Tür, damit sie mir nicht in die Stube kackt. Kacken Hunde häufiger als Menschen? Sicherheitshalber nehme ich dieses Mal einige Frühstücksbeutel mit für den Fall, dass sie noch einmal einen Haufen macht. Mich ekelt der Gedanke, die Schweinerei wegräumen zu müssen. Doch die Straßenbeleuchtung ist so hell, weshalb ich nicht so tun kann, als hätte ich das Malheur nicht bemerkt.

Erst eine gute Stunde später klingelt eines der Mädchen an meiner Tür.

„Ich will die Anka holen."

„Wie geht es deiner Omi?", frage ich mitfühlend.

„Welcher Omi?"

Sie hüpft von einem Fuß auf den anderen und klatscht vergnügt in die Hände.

„Warst du nicht bei deiner kranken Omi?"

„Nö, nur die Mama. Die Oma ist gar nicht krank. Die ist nur gestern gestorben. Wir waren baden mit dem Papa und danach einkaufen. Schau!" Sie dreht sich hin und her und zeigt auf ihre Schuhe, die bei jeder Bewegung rot und gelb blinken.

„Schön", stammle ich und drücke ihr die Leine in die Hand.

Das Hundekissen werfe ich in den Hausflur und rufe nach Anka. Doch sie versteckt sich unter dem Tisch und will offenbar nicht nach oben in ihr Zuhause.

„Ab mit dir!", befehle ich streng.

Nun zieht der Hund den Kopf ein und trottet langsam an mir vorbei. An der Treppe schaut er sich noch einmal um, bevor er nach oben steigt. Ich habe auf einmal das Gefühl, dass es Anka bei den lebhaften Mädchen und der Frau, die alles falsch macht, gar nicht gefällt. Wo ist eigentlich der Vater der Kinder? Gesehen habe ich ihn noch nicht. Nun, er wird geschieden sein, woanders wohnen und heute seinen Elterntag gehabt haben. Das hätte mir Fanny sagen können. Ich hätte es verstanden. Doch dass sie mich belog und mir die Not nur vorspielte, verstehe und verzeihe ich nicht. Künftig werde ich ihr kein Wort mehr glauben. Auf ihren Köter soll sie gefälligst selbst aufpassen.

*****

Eine Woche später begegne ich Fanny und Anka draußen vor der Haustür. Der Hund springt freudig auf mich zu und wirft sich auf die Erde, damit ich ihn kraulen kann.

„Anka!", schreit Fanny streng. „Hierher!"

„Darf sie mich nicht begrüßen? Sie freut sich so."

„*Ich* bestimme, wen sie begrüßt. Es ist *mein* Hund."

Anka springt in den Hausflur und bleibt vor meiner Wohnungstür sitzen.

„Du willst mich wohl besuchen?", frage ich lachend und schaue Fanny an.

Ich blicke in ein wutverzerrtes Gesicht. Was ist passiert? Warum freut sich Fanny nicht, wenn sich ihr Hund freut? Das sieht für mich nach heftiger Eifersucht aus. Aber darüber muss ich mir keine Gedanken machen, es ist nicht mein Problem.

Am Abend höre ich Anka bellen. Sie bellt oft, wenn sie allein ist. Doch heute klingt ihr Bellen direkt verzweifelt. Oder bilde ich mir das nur ein?

Fast sechs Stunden lang höre ich den Hund nahezu ohne Unterbrechung. Ich hätte längst oben bei Fanny geklingelt und gefragt, ob etwas passiert ist. Doch ein Nachbar sagte mir, dass sie mit den Kindern fortgefahren sei. Er habe schon einmal die Polizei verständigt und sich über Lärmbelästigung beklagt. Die Nachbarn im Haus gegenüber verfassten sogar eine Sammelanzeige, doch geholfen hat nichts. Fanny sagte den Beamten, dass sie alleinerziehend sei und arbeiten müsse. Dafür hatten sie Verständnis und meinten, der Hund müsse lernen, allein zu bleiben.

Als Fanny mit den Kindern endlich nach Hause kommt, spreche ich sie an, warum sie Anka nicht bei mir lässt, wenn sie so lange wegbleibt.

„Das kommt überhaupt nicht in Frage! Da muss der Hund durch. Mit dir bin ich sowieso fertig!"

Wieso das? Weil ich mich um ihn sorge?

Von diesem Tag an geht sie grußlos an mir vorbei, als wäre ich Luft. Dabei habe ich ihr nichts getan. Auch die Mädchen laufen davon, wenn sie mich sehen. Manchmal schreien sie dabei, als hätten sie Angst vor mir. Einmal habe ich eines der Mädchen zu fassen bekommen und gefragt, warum es wegläuft.

„Weil du eine böse Hexe bist!" Das Kind schaut mich mit ängstlich aufgerissenen Augen an. „Du hast unseren Hund verhext und willst auch uns verhexen."

„Wie kommt du auf solch einen Unsinn?", frage ich empört.

„Das hat die Mama gesagt."

Im gleichen Moment tritt die Kleine mit den Füßen gegen meine Schienbeine und schreit aus vollem Hals. Ich weiß, dass schon Babys auf 120 Dezibel mit ihrer Lautstärke kommen. Ein Düsenjäger erreicht zum Beispiel 130 Dezibel. Das hat die Natur so eingerichtet, weil Kinder vollkommen auf Hilfe angewiesen sind.

Ich lasse das Mädchen los, weil ich keine Chance habe, ihm auch nur ein einziges Wort zu vermitteln. Es läuft sofort davon.

Dabei fällt mir ein, dass ich zwar nach wie vor die beiden Mädchen laut spielen höre, doch nicht mehr den Hund. Er bellt nicht, nicht ein einziges Mal. Weder, wenn die Mädchen kreischend in der Wohnung herumspringen, noch, wenn er allein gelassen wird. Ist er überhaupt noch da? Oder hat Fanny das Tier abgegeben?

Anfangs glaubte ich, Anka wäre vom übermäßig langen Bellen heiser, doch mittlerweile kann das nicht mehr stimmen. Obwohl es mich nichts angeht, mache ich mir viele Gedanken darüber und frage Veit um Rat. Er hat Ahnung von Hunden und deren Erziehung.

„Sie bindet ihm das Maul zu und sperrt ihn in eine schalldichte Kiste im Keller."

„Waaas?", frage ich empört.

„Das war nur ein Scherz."

„Ein besonders blöder Scherz!"

Veit lacht.

„Sie wird ihm Tabletten geben, irgendein Medikament, das ihn betäubt. Dann schläft er und kann nicht mehr bellen."

„Ist so etwas erlaubt?"

„Psychopharmaka. Es gibt ganze Kliniken, wo Menschen schläfrig gemacht werden. Warum nicht auch Hunde?"

*****

Veit. An dem Tag, an dem ich Fanny und Anka kennenlernte, lernte ich auch Veit kennen. Das war bei meinem Spaziergang im Park, wo er mir mit seinem Hund entgegen kam.

Bereits zwei Tage später stand er mit Benno vor meiner Tür. Ich weiß noch genau, dass es ein Montag war und ich gerade von der Arbeit kam. Aber ich weiß bis heute nicht, woher er meine Adresse kennt. Was wollte er von mir? Er hielt mir einen winzigen Plüschhund entgegen, den man an einen Schlüssel hängen kann.

„So einen Schmarrn brauche ich nicht!", fauchte ich.

Merkte er nicht, dass er mir zuwider war?

„Schmarrn?"

„Prassel, Unsinn, Kitsch, Nonsens, unbrauchbar."

Ungerührt schob er mich beiseite und stolzierte einfach in meine Wohnung. Dabei schaute er sich um, als wäre er in einem öffentlichen Museum und murmelte bei jedem Bild, bei jedem Stuhl *brauchbar* oder *unbrauchbar*. Dann stellte er sich mitten im Raum auf, streckte seinen Arm aus mit dem Handrücken nach unten bewegte langsam den Zeigefinger. Eine eindeutige Geste, mich näher zu ihm heranzuwinken. Doch das wollte ich nicht. Ich verschränkte meine Arme und sah ihn herausfordernd an, was bedeuten sollte, dass seine Spielchen bei mir nicht ziehen.

„Gib mir das unbrauchbare Hündchen zurück! Und nimm mich!"

„Jetzt aber raus hier! Und zwar schnell!"

Ich ging voraus zur Tür, damit er nicht sah, dass ich über seine Frechheit lachen musste. Doch bevor ich die Tür öffnen konnte, packte und küsste er mich. Einfach so. Ich war total schockiert. Aber nicht lange, denn er küsste wunderbar. Nicht so sanft und weich wie Florian, eher hart und fordernd. Das gefiel mir.

„Ich wusste, was du brauchst", stellte er fest.

Mir war noch niemals zuvor solch ein unverschämter Mensch begegnet.

Doch ich bin nicht auf den Mund gefallen und konterte: „Ich brauche keinen Mann. Ich mache mir lieber ein schönes Leben."

Veit war nicht beleidigt. Er lachte schallend.

„Dabei könnte ich helfen! Ich meine, ich könnte dir zwar kein schönes Leben machen, aber immerhin so manche schöne Stunde." Wieder lachte er frech und zwinkerte mir zu. „Jetzt zum Beispiel."

Er packte mich derb bei den Schultern und küsste mich. Dabei schob er mich rückwärts durch den Flur Richtung Schlafzimmer. Ich krallte meine Finger in seine Hüften und kniff kräftig zu. Doch er ließ mich nicht los. Zwei Sekunden später lag ich auf meinem Bett. Mir war sofort bewusst, dass ich es nicht gemacht hatte und die benutzte Decke und das Kissen zerknautscht kreuz und quer umherlagen. Davor der übervolle Wäschekorb. Das schien Veit nicht zu stören, denn er hatte mir mit sicherem Griff das Shirt über den Kopf gezogen und bereits die Hose geöffnet. Ich war wie von Sinnen, hatte aber noch so viel Verstand zu sagen, dass ich erst duschen müsse.

Er küsste mich und schob dabei meine Hose weit nach unten. Ich wusste gar nicht, dass ein Mann so viele Hände und so lange Arme haben konnte. Aber das war mir inzwischen vollkommen gleichgültig. Ich klammerte mich an seinen Körper und dann ließ ich einfach alles geschehen. Es war wie ein Wunder, ein völlig unbeschreibliches Ereignis, dem ich mich mit jeder Faser hingab.

Doch in seinem Gesicht entdeckte ich nicht dieses Erstaunen, das ich fühlte, nur den Blick zur Uhr, als wäre im Moment nichts so wichtig wie die Uhrzeit.

*****

Seit dieser einzigartigen Stunde beeile ich mich, von der Arbeit schnell nach Hause zu kommen, um Veit nicht warten zu lassen. Manchmal kommt er, manchmal nicht. Sobald er den Flur betritt, sehe ich das Begehren in seinen Augen, das sofort auf mich übergeht. Jedes Mal bin ich neu überwältigt und doch enttäuscht, weil er jedes Mal hinterher sofort auf seine Uhr schaut und sich rasch anzieht. Dann höre ich, wie sich Benno im Flur regt und nach einem leisen *Wuff* mit Veit verschwindet. Auch für mich ist Sex eine ganz natürliche Sache, um die man kein Gewese macht. Doch ich würde gern mit Veit reden; über mich, meine und seine Arbeit, den Abend mit ihm verbringen oder eine ganze Nacht. Doch Veit kommt mir vor wie ein Tier, das seine Bedürfnisse stillt und sich dann trollt. Das enttäuscht mich zutiefst.

Und doch sehne ich mich jeden Tag schmerzlich nach seinen Umarmungen. Das ist mir zuvor noch nie passiert.

Früher sagte ich recht schnell: „Geh jetzt!" Bei Veit denke ich: „Bitte, bleib!" Doch er bleibt nie länger als zwei Stunden, weil er am Abend keine Zeit hat und so viel arbeiten muss. Er ist Anwalt. Ich stelle mir vor, dass er bis in die Nacht seine Rechtsfälle bearbeitet, weil er tagsüber bei Gericht ist oder in seinem Büro mit Mandanten spricht. Wenn ich ihn bitte zu bleiben, wird er böse und sein schönes Gesicht verwandelt sich in eine finstere Fratze. Ich kenne mich aus in Psychologie und weiß, dass das nur männliches Gehabe ist. Er liebt mich, kann sich nur im Moment noch nicht binden. Doch ich kann warten.

Irgendwann wird er nachgeben und mich auch bald in seine Wohnung einladen, die ich bisher noch nie betreten habe. Ich stelle mir vor, dass er auf dem Kassberg wohnt in einem Loft mit viel Schwarz und Metall, ein einziger Raum, das Bad direkt offen im Schlafraum.

„Liebst du mich?", habe ich ihn einmal gefragt.

„Natürlich liebe ich dich! Würde ich sonst sofort mit dir ins Bett wollen?"

Das meinte ich nicht. Und doch fühle ich mich in seinen Armen wohl und sicher. Dann ist mein Leben in Ordnung und ich bin glücklich.

Bisher war Chemnitz für mich eine Stadt wie jede andere. Aber seit ich Veit kenne, leuchtet sie in einem ganz anderen Licht. Früher mochte ich die alten Stadthäuser nicht, doch heute finde ich sie wunderschön mit den stuckverzierten Fenstern und großen Eingangstüren aus Holz.

„Hallo, Lulatsch!", rufe ich dem bunten Schornstein zu, dessen Farben in der Nacht wunderbar leuchten. Ich beobachte den Rauch aus seiner Esse, der fast immer Richtung Osten strebt.

Auf dem Weg zur Kita gibt es viele schöne alte Bäume, die mir bisher noch nie aufgefallen sind. Manchmal hüpfe ich im Wechselschritt wie ein Kind zur Arbeit und renne zurück, um Veit nicht zu verpassen.

Für mich gibt es keine größere Folter als das Warten, wenn ich in fiebriger Erwartung am Fenster stehe und nichts anderes tun kann. Das macht mich noch wahnsinnig. Dabei müsste ich unbedingt einkaufen gehen. Doch was mache ich? Ich schaue abwechselnd auf die Uhr und aus dem Fenster, als könnte ich ihn herbeischauen.

Ich habe einen Freund, aber keine Verpflichtungen, weil dieser Freund eigentlich nur mein Liebhaber ist. Er will nichts von mir, bedrängt mich nicht. Das gefällt mir und ist genauso, wie ich es mir immer gewünscht habe.

Und doch ist alles anders, weil ich jeden Nachmittag ungeduldig auf ihn warte. Ich stehe am Fenster und hoffe, gleich seine schlanke Gestalt um die Ecke biegen zu sehen.

Nie wollte ich heiraten und niemals eigene Kinder. Ich wollte frei sein. Doch ich bin nicht frei. Ich warte jeden Nachmittag auf Veit, während seine Frau glaubt, er geht mit dem Hund spazieren. Eigentlich sollte mich das amüsieren, tut es aber nicht. Ich kann nicht mehr schlafen, weil mir übel wird, wenn ich mir vorstelle, dass er zu seiner Frau ins Bett kriecht. Seit ich weiß, dass er verheiratet ist, bedränge ich ihn, sich scheiden zu lassen. Schließlich ist er Scheidungsanwalt.

Veit

Ich bin Anwalt. Scheidungsanwalt. Meine Kanzlei besteht nur aus zwei Räumen und liegt auf dem Sonnenberg in der Fürstenstraße. Als ich nach Chemnitz zog, wusste ich nicht, dass weder der Sonnenberg noch die Fürstenstraße eine Empfehlung sind. Ich dachte, Sonnenberg klingt freundlich und Fürstenstraße edel. Damals kannte ich nicht einmal den Spruch: „Wer einen guten Abschluss hat, geht in den Staatsdienst oder in die Wirtschaft. Wer nichts taugt, kann sich nur noch selbständig machen." Ich sah es genau umgekehrt und glaubte, dass nur die besonders Tüchtigen den Mut haben, eine eigene Kanzlei zu führen. Von Anfang an wollte ich frei und unabhängig sein. Ich dachte, selbständig arbeiten heißt: viel Geld verdienen und vor allem frei entscheiden können. Das war meine erste große Fehlentscheidung.

Ich verabscheue die Kanzlei. Ich verabscheue Anwälte. Meinen Beruf habe ich mir ganz anders vorgestellt. Mir ging es um Gerechtigkeit. Ich wusste nicht, dass es praktisch nie um Gerechtigkeit, sondern allein um das Recht geht. Und dieses Recht besitzt immer der Anwalt mit den besseren Argumenten. Man muss raffiniert taktieren und mit allen Wassern gewaschen sein. Der Gewieftere gewinnt, das Honorar stimmt für Sieger und Verlierer gleichermaßen; jedenfalls bei Scheidungsfällen. Mir ist es mir mittlerweile gleichgültig, wie die Verhandlung für meinen Mandanten ausgeht. Mir geht es ums Geld. Ich mag Geld. Ich mag nur keine reichen Leute, denn geerbter Reichtum ist verachtenswert und erwirtschafteter Reichtum ergaunert.

Ich liebe die Auftritte vor Gericht, meine kleine Bühne, wenn die Beteiligten an meinen Lippen hängen und von meinen Worten so viel abhängt. Dann bin ich wichtig, habe die volle Aufmerksamkeit und spüre eine gewisse Macht. Ich werde respektvoll mit Herr Rechtsanwalt ausgesprochen. Meinen Mandanten nehme ich die Angst vor der Verhandlung, indem ich ihnen sage, dass Richter auch nur Menschen sind und es ausreicht, sie mit Herr oder Frau und ihrem Namen anzusprechen und nicht wie im Film *Euer Ehren*. Das erspart ihnen die übertriebene Ehrfurcht.

Ich mag keine Richter. Sie wollen immer beide Seiten hören, abwägen und prüfen, auch dann, wenn der Fall eindeutig ist. Ich ergreife ausschließlich Partei für meinen Mandanten und muss niemals erst die andere Seite hören, um mir ein Urteil zu erlauben. Viele Richter haben nie etwas anderes kennengelernt als Schule und Universität und deshalb keine Ahnung, wieviel ein Anwalt kostet und vor allem, wie ein bescholtener Bürger das Erscheinen vor Gericht erlebt.

Als Scheidungsanwalt habe ich nichts auszustehen, schon gar nicht bei der Verhandlung. Bei anderen Prozessen habe ich schon erlebt, dass der Richter den Anwalt gar nicht zu Wort kommen ließ und sagte: „Können wir uns das Theater nicht sparen? Das Urteil steht ohnehin bereits fest."

Am interessantesten an meiner Arbeit sind die weiblichen Mandanten. Nicht die verzweifelten, die sind anstrengend und langweilig. Ich kann sie nicht ernst nehmen. Ich bewundere die, die ein klares Ziel verfolgen und ihre Situation verbessern wollen. Wenn es ums Haus und den Unterhalt geht, sind die Gespräche spannender und auch das Honorar. Und oft ergibt sich das ein oder andere private Treffen.

So passierte es auch mit Fanny. Ich vertrat sie bei ihrer Scheidung von ihrem Mann. Da sie wegen der zwei kleinen Kinder nicht arbeiten ging, musste ihr Mann sämtliche Kosten vorschießen und auch die finanzielle Versorgung während des Trennungsjahres übernehmen. Und ich konnte sie tagsüber daheim besuchen. Sie hat einen wunderbar weichen, üppigen Körper, der mich rasend macht vor Verlangen. Seit die Jüngste drei Jahre alt ist, arbeitet sie voll und hat erst am Abend Zeit für ein Treffen. Aber ich habe Familie und bin am Abend lieber daheim. Tagsüber ist es anders, denn ich nehme meiner Frau nichts weg, wenn ich mich während der Bürozeiten mit einer anderen Frau treffe. Ganz im Gegenteil. Ich komme 18 Uhr entspannt und zufrieden nach Hause.

Benno bleibt tagsüber bei mir im Büro. Das verschafft mir Respekt von den Männern und Zuneigung von den Frauen.

Sobald mir fad ist, gehe ich in den Park. Dort treffe ich oft gelangweilte Frauen, die mir den Tag versüßen. Ein Hund ist einfach ideal, um Kontakte zu knüpfen, und völlig unverfänglich. Benno weiß, wie er sich Frauen gegenüber verhalten muss. Recht schnell lasse ich durchblicken, dass ich Anwalt bin, Scheidungsanwalt! Meist zwinkere ich den Damen dabei zu und sage, dass man sich nicht gleich scheiden lassen muss, wenn es im Bett nicht mehr klappt. Selten reagieren die Frauen erbost, meist steigen sie bei diesem Thema erfreut ein und es kommt recht schnell zu einem netten Techtelmechtel.

Im Grunde betrachte ich die Ehe als eine Form gegenseitiger Tyrannei. Wenn man einmal in ihr gefangen ist, hat man kaum noch eine freie Wahl und muss zusehen, sich den Freiraum zu verschaffen, den man zum Leben braucht. Dazu braucht es Geschick oder im Notfall eine Scheidung. Dafür bin ich zuständig. Davon lebe ich.

Dass Laura im gleichen Haus wie Fanny wohnt, ist ein glücklicher Zufall und gleichzeitig anstrengend, da ich Fanny nicht begegnen möchte. Andererseits kann es mir gleichgültig sein, denn ich bin keiner der beiden Frauen verpflichtet. Ich bin überhaupt keiner Frau verpflichtet. Nicht einmal meiner Ehefrau. Sie ist für ihr Glück selbst verantwortlich.

*****

Heute habe ich keine Lust, Laura zu besuchen. Sie wird langsam nervig und erwartet ernsthaft, dass ich mich scheiden lasse. Was bildet sie sich ein, wer sie ist? Von Anfang an habe ich ihr deutlich gesagt, dass mich ihr Körper geil macht. Wenn ihr das nicht genügt, ist es nicht mein Problem.
Ich werde mit Benno eine längere Runde durch den Park gehen und schauen, ob ich etwas Nettes treffe. Ich mag die Frauen, ihren Duft, ihre zarte Haut und vor allem ihre weichen Körper. Schon der Gedanke an ihre Brüste und Schenkel, die sich so

wunderbar willig öffnen, macht mich ganz wuschig. Doch es fängt an zu nieseln. Da kann ich auch gleich nach Hause gehen.

In meiner Stube sitzt ein fremder Mann auf dem Sofa, hat die Beine breit aufgestellt und trinkt ein Bier aus der Flasche. Das Glas steht unbenutzt auf dem Couchtisch. Was ist das für ein seltsamer Typ? Fragend schaue ich Jennifer an.

Meine Frau stellt den Mann als Daniel vor, einer aus ihrer Schulklasse. Schulklasse? Das ist gut dreißig Jahre her! Die beiden beachten mich nicht, sie sind in ihre Unterhaltung vertieft. Ein Gespräch über Sport. Jennifer interessiert sich nicht die Bohne für Sport, aber sie hängt an seinen Lippen und hört ihm aufmerksam zu. Irgend etwas stimmt da nicht.

„Störe ich?", frage ich etwas provokativ.

Beide sehen mich kurz an, als hätten sie mich erst jetzt bemerkt. Doch eine Antwort bekomme ich nicht. Also setze ich mich einfach dazu.

Dieser Daniel erzählt von einer Radtour von der Nordsee bis in die Alpen. Sie nennt sich Sylt-Zugspitze und überwindet zweitausend Höhenmeter in acht Etappen über jeweils 150 Kilometer. Ist der Typ irre, für diesen Wahnsinn auch noch Geld zu zahlen?

Er nennt sie Jenni und sie ihn Dani, als wären sie kleine Kinder. Ich mag keine Verniedlichung, weil sie keine Wertschätzung zeigt. Meine Frau hat das bisher auch so gesehen, doch jetzt himmelt sie diesen Dani an, wenn er sie Jenni nennt. Mein Name kann zum Glück nicht verschandelt werden. Veit bleibt Veit.

Inzwischen heißt das Thema Hausbau. Der Typ hat sein Haus selbst gebaut.

„Sind Sie Maurer oder Klempner oder Elektriker oder alles zusammen?", spotte ich.

„Ich möchte nicht für etwas bezahlen, was ich selbst erledigen kann."

Ein mieser Geizkragen also. Er hat nichts anderes im Sinn, als Geld zu sparen, Geld zu verdienen. Und was macht er mit diesem Geld? Er kauft hässliche billige Dinge, riesige Bildschirme und Fertigfraß. Aber ein Buch hat er offenbar nie freiwillig gelesen. Das sehe ich ihm an.

„Dann haben Sie wohl auch all die Bilder, die Sie in Ihrem Haus aufgehängt haben, selbst gemalt?"

Jennifer wirft mir einen drohenden Blick zu. Soll sie nur! Wenn sie nicht von allein merkt, dass der liebe Dani nur eine miese Flasche ist, muss ich sie darauf stoßen.

„Malen kann ich nicht. Aber ich säge gern."

„Soso. In der Küche?"

Der Mann lacht und wirkt völlig entspannt.

„Nein, ich habe eine gut ausgestattete Werkstatt, in der ich Gegenstände fertige."

„Soso, Gegenstände."

„Hier!"

Daniel zieht sein Handy aus der Tasche und zeigt zuerst Jennifer und dann mir Kerzenständer, Lampen, Skulpturen, Vogelhäuschen.

Triumphierend lacht mich meine Frau an.

Mir ist der Kerl unsympathisch. Ich mag ihn nicht. Ich mag ihm auch nicht zuhören. Doch ich lasse die Beiden hier nicht allein herumschäkern. Sie sollen wissen, dass ich wachsam bin.

Erst eine volle Stunde später verschwindet er, obwohl ihn Jennifer zum Abendessen eingeladen hat. Das fehlte noch!

„Dani war mein Schulfreund", erzählt Jennifer strahlend. „Ihn habe ich als kleines Mädchen geküsst und gedacht, dass ich ihn eines Tages heirate."

„Und warum hast du´s nicht gemacht?", fauche ich.

Nie im Leben würde ich ihr so etwas erzählen. Es geht sie nichts an, wen ich küsste. Außerdem weiß ich das alles gar nicht mehr. Schon gar keine Namen. Ich nenne alle Frauen Mausi, damit gehe ich jedem Ärger aus dem Weg.

Jennifer lacht und wirft ihren Kopf dabei nach hinten. Ich liebe diese Geste, weil sie dabei so wehrlos wirkt. Dann möchte ich sie packen und auf der Stelle vernaschen. Doch meist geht das nicht, weil immer eins der Kinder angekleckert kommt und die meiner Frau wichtiger sind als ich. Heute habe ich schon gar keine Lust auf sie. Die hat sie mir gründlich verdorben, als sie mir ihren küssenden Schulfreund präsentierte.

„Nächsten Samstag haben wir Klassentreffen in Freiberg."

„Und warum war der Kerl dann hier? Konntet ihr nicht bis Samstag warten?"

„Nein, konnten wir nicht", antwortet sie lachend. „Er sagt, dass er siebenunddreißig Zusagen hat und wir sicher keine Gelegenheit, miteinander in Ruhe zu reden."

Reden. Nie im Leben glaube ich, dass die Beiden nur reden wollen. Die erste Liebe vergisst man nicht, wenn man so gestrickt ist wie Jennifer. Ihr geliebter Dani sah allerdings nicht so aus, als würde er ein Abenteuer auslassen. Solche Typen erkenne ich auf drei Meilen Entfernung.

„Was willst du überhaupt auf diesem blöden Klassentreffen? Du hast keinen Kontakt zu denen."

„Genau deshalb freue ich mich darauf."

Wie kann man sich darauf freuen, Leute aus seiner Kindheit wiederzusehen? Ich hätte keine Lust dazu. Vielleicht ist das Ganze auch nur ein Vorwand und es gibt überhaupt kein Klassentreffen. Sie werden sich zu zweit amüsieren wollen.

„Dani hat sogar an ein Hotel gedacht für die, die nicht mehr in der Stadt wohnen."

Aha. Jetzt kommen wir der Sache schon näher.

„Du brauchst kein Hotel!", sage ich streng. „Die

vierzig Kilometer kannst du hinterher locker nach Hause fahren."

„Und soll den ganzen Abend nichts trinken? Keinen Wein? Keinen Cocktail?" Energisch schüttelt Jennifer den Kopf. „Ich fahre hier kurz vor 16 Uhr los und bin am nächsten Tag wieder hier. Allerdings weiß ich nicht, wie viele im Hotel übernachten und ob wir vielleicht noch zusammen Mittag essen."

„Und ich?"

„Du wirst schon nicht verhungern. Hauptsache, du kümmerst dich um die Kinder."

„Du nimmst sie nicht mit?"

„Natürlich nicht!", faucht sie empört.

„Ich soll meine Arbeit liegenlassen und Kindermädchen spielen, während du dich mit wer weiß wem amüsierst? Das kommt überhaupt nicht in Frage!"

Kinder sind ihr Aufgabengebiet. Sie soll sie bei ihren Eltern parken oder was weiß ich. Mir ist das wurscht. Das ist nicht mein Problem.

„Sei nicht albern! Kinder gehören nicht auf ein Klassentreffen. Du bist ihr Vater und wirst auf sie aufpassen, ihnen zu essen geben und sie pünktlich ins Bett bringen!"

„Ich habe Benno!", wende ich ein.

Doch sie zuckt nur mit der Schulter.

Benno stört nicht, doch wenn die Kinder hier sind, kann ich nicht ausgehen. Ich bin ans Haus gefesselt. Es ist zum Verzweifeln!

Sie geht in die Küche, als wäre jetzt alles besprochen, deckt den Abendbrottisch und singt dabei.

*****

Samstag. Jennifer hat es tatsächlich gewagt, allein nach Freiberg zu fahren. Eigentlich wollte ich mich gegen Mittag verdrücken und nicht so schnell wiederkommen. Aber es ist mir nicht gelungen.
Natürlich habe ich im Lokal angerufen, ob tatsächlich ein Klassentreffen stattfindet. Auch im Hotel. Doch weder das auf den Namen meiner Frau gebuchte Einzelzimmer noch die Auskunft, dass an die vierzig Leute ein viergängiges Menü bestellten, überzeugt mich. Das ist alles abgesprochen. Jennifer betrügt mich. Das spüre ich. Die Weiber sind doch alle gleich. Mit dem Erstbesten springen sie in die Kiste und vergessen ihren Ehepartner.

Jennifer

Eilig laufe ich durch die Wohnung und sammle hier ein Hemd vom Sessel und dort ein Glas von der Anrichte. Ich habe keinen Putzfimmel, doch ich ärgere mich über Veits Unordnung. Jeden Tag! Er lässt einfach alles stehen und liegen, was er benutzt hat.
„Stell dir vor, was ich heute Nacht geträumt habe!", erzähle ich beim Mittagessen. „Ich sitze im Lokal

und will die Rechnung bezahlen, habe aber statt Geld nur Schrauben und Nägel im Geldbeutel."

Veit lacht nicht, sondern fragt streng: „Soll das heißen, du brauchst Geld?"

„Aber nein! Ich wollte dich nur unterhalten."

Darauf sagt er nichts und ich überlege, was ihm die Stimmung verdorben hat. Das geht schnell bei ihm. Von einem Moment zum anderen schlägt sein Charme in Zorn um. Dann beschimpft er mich und stößt die Kinder beiseite, die sich dann ängstlich an mich klammern, was ihn noch wütender macht. Am Anfang unserer Ehe verdoppelte ich meine Anstrengung, es ihm recht zu machen. Ich sorgte dafür, dass ihn nichts aufregte. Doch irgendwann verstand ich, dass es nicht an mir lag, sondern an seinen Mandanten, den Streitfällen, mit denen er sich täglich plagen musste. Deshalb lernte ich, seine garstigen Anschuldigungen nicht persönlich zu nehmen.

„Ich bin zum Abendessen zurück", verkündet er.

Wieso zum Abendessen?

„Heute gibt es viel zu tun im Büro."

„Aber du gehst doch Samstags nie in die Kanzlei", rufe ich fassungslos.

„Heute schon", erwidert er und greift nach seiner Tasche und dem Mantel.

„Du kannst jetzt nicht weg! Ich fahre spätestens 16 Uhr!"

„Wohin?", fragt er zerstreut.

Wohin? Hat er mein Klassentreffen vergessen? Er hört mir nie zu, wenn ich etwas erzähle, nickt und schweigt und schaut dabei auf den Fernsehbildschirm. Selbst die Werbung im Fernseher ist ihm wichtiger als das, was ich ihm mitteile. Gleichgültig, ob es mich, die Kinder, mein Auto oder die Wohnung betrifft. Nein, mein Klassentreffen hat er nicht vergessen, denn seit Danis Besuch erkundigt er sich täglich nach seltsamen Dingen. Mal will er wissen, wer sonst noch kommt, obwohl er keinen Einzigen aus meiner Schulzeit kennt. Mal fragt er, ob Dani in Freiberg wohnt und ob der trotzdem im Hotel übernachtet. Das weiß ich doch nicht! Mal erwartet er, dass ich sofort nach Hause komme, wenn die Kinder nach mir rufen. Was soll das?

Ich komme noch zu spät, wenn mich Veit nicht endlich fahren lässt. Ihm fällt immer etwas Neues ein, womit er mich aufhalten kann. Mal soll ich ihm zeigen, wo das Nachtzeug für die Kinder liegt, mal will er wissen, was genau und wieviel der Kleine essen darf. Als ob er nicht Abend für Abend mit uns am Tisch sitzt.

Vermutlich sollte ich öfter mal ohne ihn ausgehen, mit einer Freundin vielleicht. Früher habe ich das gemacht, doch es gab jedes Mal Theater, weil er dachte, ich treffe mich mit einem Mann. Dabei habe ich ihm niemals einen Grund zur Eifersucht gegeben. Fast habe ich das Gefühl, er will mich daran hindern, zum Klassentreffen zu fahren. Aber warum? Ich verstehe das nicht.

*****

Meine Schulfreundin Conni, die eigentlich Cornelia heißt, hat einen Platz für mich freigehalten. Wir haben uns seit fünfundzwanzig Jahren nicht mehr gesehen und doch gleich wiedererkannt. Auch die alte Vertrautheit ist sofort wieder da und ich freue mich sehr, sie wiederzusehen. Sie trägt eine Art Kartoffelsack und darunter einen braunen weiten Pulli. Schon als Kind war ihr wichtig, dass ihre Kleidung bequem ist. Sie scherte sich nicht um ihr Äußeres oder gar um Mode. Trotzdem oder gerade deswegen sah sie immer hinreißend aus – so auch heute. Ich dagegen kann nicht einfach irgendwas anziehen. Es muss genau das Richtige sein, das zum Anlass und auch zum Wetter passt. Und doch bin ich immer unsicher, ob ich die richtige Wahl getroffen habe. Conni kennt dieses Problem nicht.
Sie erzählt von ihrer Familie und zeigt mir Bilder von ihren fünf Kindern. Die ältesten zwei gehen bereits aufs Gymnasium, meine noch nicht einmal zur Schule.
„Dein Mann ist Anwalt? Da hat er am Abend sicher viel zu erzählen."
Ich nicke, obwohl mir seine Berichte keine Freude mehr bereiten. Anfangs fand ich es spannend, wenn Veit von seinen Fällen, seinen Mandanten

und den Verhandlungen erzählte. Ich bewunderte seinen Scharfsinn. Bis ich merkte, dass er sich über alles und jeden nur lustig macht. Er hält die meisten Menschen für Versager und erniedrigt sie. Manchmal glaube ich, er kennt keine Moral. Deshalb ist es zwecklos, etwas zu sagen. Er würde es nicht begreifen. Da ich nicht über Veit reden möchte, frage ich, was sie macht.

„Ich bin Nachtschwester."

„Du arbeitest nachts?", frage ich verwundert.

Wie soll das funktionieren mit fünf Kindern?

„Schon immer! Das funktioniert wunderbar. Wenn ich morgens nach Hause komme, wecke ich die Kinder und mache sie für die Schule fertig. Dann schlafe ich bis zum Nachmittag und habe danach Zeit für sie. Erst, wenn sie ins Bett müssen, gehe ich wieder fort."

Ich stelle mir solch einen ausgefüllten Tag ziemlich stressig vor.

„Und was machst du?", fragt Conni und schaut mich ehrlich interessiert an.

„Ich male."

Das stimmt zwar nicht, doch wenn ich sage, dass ich Hausfrau bin, ernte ich meist nur herablassende Blicke. Außerdem habe ich tatsächlich überlegt zu malen. Denn seit die Kinder in die Kita gehen, habe ich viel freie Zeit. Am liebsten würde ich wieder arbeiten, aber nicht mehr als Zahnarzthelferin. Das langweilt mich. An die Patienten mit ihren schrecklichen Mundgerüchen mag ich gar nicht erst denken. Doch was soll ich sonst tun? In ein Büro gehen, wo mir jemand auf die Finger schaut und sagt, was ich zu tun und zu lassen habe? Auf meine Freiheiten verzichten, nur, um ein paar Euro mehr ausgeben zu können? Zuerst dachte ich ans Schreiben, doch worüber? Außerdem ist es sicher nicht einfach, einen Verlag zu finden. Bücher gibt es ohnehin schon genug. Also doch lieber malen. Nichts Fotografisches, nichts, was man auf Anhieb erkennt. Kunst eben, die man nicht rechtfertigen muss. Mit dem Wort Kunst kann man im Prinzip alles erklären, jede Ungenauigkeit, jeden Spleen, jede Grobheit und sogar jeden Kitsch.

„Hast du schon ausgestellt?", will Conni wissen.

Zum Glück muss ich mir keine Antwort aus den Fingern saugen, denn Dani kommt zu mir, umarmt mich und küsst meine Wangen.

„Ich muss gehen!"

„So früh? Wir haben kein einziges Wort miteinander gesprochen und nicht einmal ein Foto von uns gemacht."

Das hatte ich leider auch vergessen, als er bei uns war. Dabei fotografiere ich sehr viel und eigentlich alles: Pflanzen, Benno, Veit und natürlich die Kinder. Von jedem Ausflug gibt es ganze Serien von Aufnahmen der Kinder. Die schönsten kleben als Poster in der ganzen Wohnung. Mir fällt ein, dass Dani gar nicht nach meinen Kindern auf all den

Bildern gefragt hat.

Er schüttelt den Kopf.

„Das geht nicht! Meine Frau ist extrem eifersüchtig."

„Auf ein Foto? Warum das?"

„Naja, sie weiß, wie ich ticke."

Ich weiß auch, wie mein Mann tickt. Er bat mich ebenfalls, spätestens 21 Uhr wieder daheim zu sein. Doch ich will das Klassentreffen bis zum Schluss genießen.

„Du hast wohl nur bis acht Uhr Ausgang?", foppe ich.

Dani lacht.

„Ich gehe gar nicht nach Hause."

„Nicht?"

„Meine Freundin wartet auf mich. Heute können wir endlich eine ganze Nacht zusammen verbringen."

„Das verstehe ich nicht."

Dani verdreht die Augen und blinzelt mir zu.

„Meine Frau denkt, ich bin auf dem Klassentreffen, während ich bei meiner Freundin bin. Verstehst du jetzt?"

Ich nicke. Aber ich bin völlig irritiert. So läuft das also: Er betrügt seine Frau.

„Schau nicht so entgeistert! Solch eine Gelegenheit muss man nutzen."

Wieder lacht Dani, umarmt mich, klopft Conni auf die Schulter und verschwindet.

„Komischer Typ!", sagt sie. „Ich mochte den nie."

Sie steht auf und geht an den nächsten Tisch, um sich mit anderen früheren Klassenkameraden zu unterhalten.

„Dein Mann ist Anwalt?", fragt mich Barbara und setzt sich auf den frei gewordenen Platz.
Ich nicke.
„Dann muss er was für mich tun!"
Muss er das? Will sie sich scheiden lassen? Aber ich frage nicht nach, sondern sage nur kurz angebunden: „Notiere dir seine Nummer und rufe ihn an!", weil ich mich nicht mit ihr unterhalten möchte.
Ich war als Kind nie mit ihr befreundet, weil sie sich rücksichtslos durchsetzte, es musste immer nach ihrem Kopf gehen. Außerdem halte ich sie für ziemlich beschränkt. Nicht wegen ihrer schlechten Zensuren, sondern wegen ihres Starrsinns.
Ihr aufdringliches Parfüm beißt mir in die Nase. Anschauen mag ich Barbara auch nicht. Sie sieht aus, als wäre sie in einen Farbtopf gefallen. Wenn man wie wir die Vierzig überschritten hat, muss man sparsam mit Make-up umgehen. Man betont sonst nur sein Alter, statt es zu überspielen. Ein Make-up muss so wirken, als könnte letztendlich doch alles natürlich sein.
„Ist dir nicht kalt?", frage ich.
Ihr Ausschnitt reicht bis fast zum Bauch. Die üppigen Brüste werden von einer weißen, fast durchsichtigen Schärpe eher betont als verdeckt.

„Wer hat, der hat und kann es zeigen. Du warst dagegen immer benachteiligt."

Wobei war ich benachteiligt? Weil ich keine dicken Brüste habe? Jedenfalls sehe ich immer elegant aus, gleichgültig, was ich trage, während sie eher wie eine Bäuerin vom Land wirkt, die sich für die Stadt „fein" gemacht hat.

„Weißt du, ich habe nur noch Probleme, seit ich ein Kind habe."

„Ist es krank?", erkundige ich mich mitfühlend.

Empört schüttelt sie den Kopf, als sei Krankheit eine böswillige Unterstellung oder ein Fehlverhalten.

„Mein Kind ist natürlich nicht krank, aber mein Chef hat offenbar einen Schaden in seiner hohlen Birne. Er begreift einfach nicht, dass ich ein Kind habe und deshalb nicht mehr am Abend oder gar am Wochenende zur Verfügung stehe."

Was hat ihr Chef mit ihrem Kind zu tun?

„Trotzdem setzt mich dieses Arschloch jede zweite Woche für Abendveranstaltungen ein."

Ich mag es nicht, wenn sich jemand derart vulgär ausdrückt. Vermutlich kellnert sie, da sie am Abend und Wochenende arbeiten soll. Doch ich frage nicht nach. Das muss ich auch nicht, denn sie sagt es mir von ganz allein. Barbara strafft ihre Schultern, hebt stolz den Kopf und verkündet: „Ich bin Eventmanagerin."

„Und was genau machst du da?"

Sie wirft mir einen Blick zu, der mir deutlich zeigt, dass ich eine sehr dumme Frage gestellt habe.

„Du weißt nicht, was ein Eventmanager macht?" Eventmanager schreit sie fast, jedenfalls so laut, dass sich mindestens zehn Leute nach ihr umdrehen.

„Ich organisiere Veranstaltungen und kümmere mich um die Künstler."

Sie blickt sich um, wohl, um zu prüfen, ob ihr Beruf von vielen Zuhörern ausgiebig bewundert wird.

„Oh! Das ist mit Sicherheit hochinteressant." Ich stelle mir Barbara vor, wie sie wie eine Hummel um die Musiker herumschwirrt. „Die meisten Veranstaltungen sind natürlich am Abend und Wochenende", bedaure ich und verstehe ihr Problem.

„Eben!", gibt sie giftig zurück. „Doch ich habe ein Kind und das *muss* der Arbeitgeber berücksichtigen. Stell dir vor, er wurde frech und verwies auf den Kindsvater, der sich am Abend um das Kind kümmern soll."

Das kann ich nachvollziehen, aber ich sage nichts, weil ich weder Barbara noch ihre heftigen Reaktionen mag.

„Dieses Schwein hat es gewagt, mir zu drohen."

„Zu drohen?"

„Er hat mir eine Abmahnung auf den Tisch geknallt. Das lasse ich mir nicht bieten! Dagegen klage ich. Und dazu brauche ich deinen Mann."

Ich glaube nicht, dass sie mit solch einer Klage Erfolg hätte. Doch ich mag nicht mit ihr darüber diskutieren und sage ihr nur, dass mein Mann Scheidungsanwalt ist und nicht für das Arbeitsrecht zuständig.

„Anwalt ist Anwalt!", belehrt sie mich.

Es ist wie früher: Barbara weiß alles besser als alle anderen. Sie hat sich nicht nur mit Schülern, sondern auch mit Lehrern gestritten. Meist um völlig nebensächliche Dinge, die jedem einleuchten – nur ihr nicht.

„Außerdem habe ich noch ein weiteres Problem."

Innerlich seufze ich, weiß aber nicht, wie ich sie davon abhalten kann, mir davon zu erzählen. In diesem Moment winkt mir ein dicker glatzköpfiger Mann zu.

„Wer ist das?", frage ich und zeige auf den Mann.

„Detlef. Den kennst du doch!"

Ich kenne Detlef, doch erkannt habe ich ihn nicht.

„Du hörst jetzt zu!", raunzt mich Barbara an und ergreift meinen Arm. „Wir haben zwei Autos, mein Freund und ich, doch der Vermieter unserer Etagenwohnung stellt uns nur einen einzigen Parkplatz zur Verfügung. Nicht einmal eine Garage."

„Vielleicht gehört zu jeder Wohnung nur ein Parkplatz", wende ich ein.

So ist es jedenfalls bei uns.

„Das ist nicht mein Problem. Wir haben zwei Autos, also *muss* sich der Vermieter was einfallen lassen. Ich lasse mein Fahrzeug doch nicht auf der Straße stehen! Was denkt der sich?"

Was denkt *sie* sich? Der Vermieter stellt eine Wohnung mit Stellplatz zur Verfügung und der Arbeitgeber eine Arbeitsstelle, die in diesem Fall Aufgaben am Abend und Wochenende beinhalten. Barbara sieht die Dinge offenbar nur von ihrer Seite aus. Sie hat sich schon immer die Dinge so zurechtgelegt, wie sie ihr gerade passen. Mir ist jedenfalls die Stimmung verdorben und ich beschließe, sie einfach mit ihren Problemen sitzen zu lassen.

„Du entschuldigst mich?", bitte ich kurz und verlasse meinen Platz, um mich zu Detlef zu setzen.

*****

Detlef ist der Einzige, den ich überhaupt nicht wiedererkannt habe, denn er ist furchtbar dick geworden und sieht recht verlebt aus.

„Was machst du so?", frage ich ihn.

„Ich bin Sozialarbeiter."

„Wolltest du nicht Elektriker werden und in den Familienbetrieb einsteigen?"

Ich erinnere mich, dass sein Vater einen Elektrohandel betreibt.

„Anfangs schon, aber ich hatte von einem Tag auf den anderen das Vertrauen in meine Eltern verloren."

„Was ist denn passiert?", frage ich erschrocken.

„Meine Mutter, die gar nicht meine Mutter ist, hat

das Geschäft verkauft, als mein Vater, der gar nicht mein Vater war, starb."

„Was?", frage ich entsetzt. „Damit scherzt man nicht."

„Das war kein Witz! Da gab es so eine Szene während meiner Ausbildung. Ich hatte irgend etwas falsch gemacht und der Lehrer meinte, aus mir würde niemals etwas werden. Da sagte ich trotzig, mein Vater würde mich jederzeit in seiner Firma aufnehmen. Er lachte hämisch und fragte, ob ich meinen Vater überhaupt kenne. Ich sei nur ein angenommenes Kind, das die wahren Eltern nicht haben wollten. Keiner wolle mich haben. Mein Ausbilder wusste, dass ich adoptiert bin. Viele wussten das, nur ich nicht. Das hat mich so verletzt, dass ich aus Frust einfach davonlief."

„Von daheim?"

Detlef schüttelt den Kopf.

„Ich habe die Lehre geschmissen, wollte nie wieder dorthin und von meinen Eltern getröstet werden. Doch sie trösteten mich nicht. Sie beschimpften mich und sprachen von Undankbarkeit. Wofür sollte ich dankbar sein? Dass sie mich mein ganzes Leben in dem Glauben ließen, sie wären meine Eltern?"

Ich zucke mit den Schultern. Mir wäre es nicht so wichtig zu wissen, wer mich gezeugt und geboren hat. Wichtig sind mir die Personen, bei denen ich gelebt habe, die mich aufgezogen haben und von ganzem Herzen lieben.

„Mir fiel es wie Schuppen von den Augen, dass auch meine Adoptiveltern mich nicht wollen. Sie wollten einen Erben für ihren Laden, mit mir hatte das nichts zu tun. Sie haben mich die ganzen Jahre über kein einziges Mal in den Arm genommen, was man mit einem Kind normalerweise macht."

Es gibt nun mal Menschen, die ihre Gefühle nicht zeigen können.

„Ich verlangte sofort. meine Geburtsurkunde und die Adoptionsunterlagen zu sehen. Aber darin standen die Namen meiner leiblichen Eltern nicht. Erst über das Jugendamt kam ich an einen Herkunftsnachweis meiner leiblichen Mutter mit Name, Geburtsdatum und des damaligen Wohnortes."

„Hast du deine Mutter gefunden?"

„Nein. Weder im Internet noch an der damaligen Adresse. Wer weiß, wie sie jetzt heißt und wo sie lebt."

„Warum willst du sie eigentlich unbedingt kennenlernen?"

„Ich will wissen, wer ich bin, woher ich komme, warum sie mich weggegeben hat. Ein Mensch, der seine Wurzeln nicht kennt, ist immer unruhig und immer auf der Suche."

„Bist du deshalb Sozialarbeiter geworden?"

„Nicht ganz. Weil ich meine Lehre abgebrochen und kein Interesse mehr am Elektroladen hatte, warfen mich meine Eltern wegen Undank raus."

Entsetzt halte ich mir die Hand vor den Mund. Detlef kann damals nicht älter als siebzehn Jahre gewesen sein.

„Mich hat dann so ein Sozialarbeiter quasi von der Straße aufgelesen, eine Bleibe und eine Ausbildung gegeben."

Jetzt verstehe ich.

„Jetzt helfe ich Menschen in Krisensituationen und motiviere sie zur Eigeninitiative, damit sie irgendwann ein selbstbestimmtes Leben leben können", erklärt Detlef.

Das klingt recht edel, denke ich bewundernd. Für mich wäre das nichts, mich tagaus, tagein mit den Problemen fremder Menschen zu beschäftigen.

„Weißt du, die Leute halten mich für ihren Fels in der Brandung, bleiben eine Weile bei mir und ziehen dann weiter, wenn es ihnen wieder gut geht. Danach bin ich wieder allein."

„Wieso bist du allein? Hast du keine Frau? Keine Kinder?"

„Hatte ich. Ich habe sie verloren."

Detlef knetet seine Finger, während ich überlege, wie man seine Frau und Kinder verlieren kann wie einen Schlüssel.

„Meine Frau ist vor zehn Jahren mit unserem Sohn tödlich verunglückt. Ich habe nie wieder geheiratet."

Darauf weiß ich nichts zu sagen und wage auch nicht, Detlef zu umarmen. Betreten schaue ich auf die Tischdecke, als gäbe es darauf etwas zu sehen.

„Über sich selbst traurig und unglücklich zu sein ist das Schlimmste. Anderen Menschen kann man helfen, sich selbst aber nicht."

Trauer und Schmerz gehören zum Leben wie Glück und Zufriedenheit. Doch den Schmerz mag keiner ertragen.

„Kommt mit raus vor die Tür!", ruft jemand. „Wir machen ein Klassenfoto."

Erleichtert stehe ich auf, schiebe meinen Stuhl zurück und hänge mich in Connis Arm ein.

Schluss

Was ist eigentlich aus Sebastian geworden? Dem computerverrückten jungen Mann aus dem ersten Kapitel?

Sebastian

Nicki. Sie ist die Frau meiner Träume. Rund um die Uhr steht sie mir zur Verfügung. Ich kann sie machen lassen, was ich will. Niemals nervt sie, nie widerspricht sie, nie will sie etwas von mir. Auch optisch ist sie die reine Augenweide mit ihren üppigen Brüsten, die kaum in die Ritterrüstung passen, stahlblaue Kulleraugen und blonde Locken bis zur Hüfte. Wenn ich genug von ihr habe, schalte ich den Computer aus. So einfach ist das.

Es ist seltsam,
wie viele Menschen zusammen sind,
die sich nicht lieben.
Noch seltsamer ist,
wie viele sich lieben,
aber nicht zusammen sind.

weiterer Roman der Autorin Petra Weise:

„Das Hotel meines Mannes"
Die Türkin Hanife heiratet den Hotelier Henry und
folgt ihm ins Ausseer Land. Erst dort erfährt sie von
seinen Frauen und Kindern und merkt, dass sie ihn
überhaupt nicht kennt. Soll sie ihn so wie er ist ak-
zeptieren oder sich scheiden lassen und zu ihren
Eltern zurückkehren?

Petra Weise wurde 1954 in Freiberg/Sachsen geboren und lebt nach zahlreichen Wohnungs- wechseln durch Hessen und Bayern seit 1993 wieder in ihrer Heimat Sachsen.

Sie liebt das Erzgebirge mit all seinen Traditionen und fühlt sich auch in den Alpen wohl. Wenn sie nicht schreibt oder liest, wandert sie gern durch den Wald oder spielt Klavier.

www.autorinpetraweise.de